봄이 여름하기를

농부 목사의 시령가

봄이 여름하기를

신 용 재 지 음

카리스

추천의 글

농촌 교회이다 보니 목사님의 선택이 옳았습니다. 왜 감나무를 가꾸면서 동네 분들에게 배우려고 틈을 내어 주는지, 굳이 벼농사를 하면서 선배 농부들과 대화를 트고 왜 새마을 지도자가 되려고 했는지, 예수님의 사랑이 시인의 깊은 고뇌와 삶 가운데 스며들도록 어떻게 본을 보였는지 알 것 같습니다. 주일 설교마다 교인들과 나눈 말씀을 따로 시로 지어서 주보에 싣는 배려와 사랑으로 인해 말씀의 깊이를 더욱 깨닫게 됩니다. 이 시집은 때로는 강렬하게, 때로는 부드럽게 영혼을 감싸면서 자신의 삶과 성장을 묻는 이들에게 큰 울림이 됩니다. 내가 아닌 예수님으로 사는 법을 『봄이 여름하기를』에서 찾을 수 있을 것입니다.

방우찬 성도 | 좋은나무교회

시는 다른 세상을 연결하는 열쇠다. 현대인들은 이 열쇠를 잃어버렸고, 결국 글을 통해 오감으로 경험할 수 있는 메마른 정보만 얻게 되었다. 하지만 시의 본질을 이해하고 있는 저자는 이 열쇠를 가지고 우리를 예수마을로, 예배당 안으로 그리고 납닥산 자락으로 인도한다. 잠시 일상의 템포를 늦추고 단어와 이미지를 통해 우리를 상상의 세계로 초대하는 이 책에 흠뻑 빠져 보시길 추천한다.

서종범 목사 | 광주 벧샬롬교회

4

농번기가 시작되는 봄 우리는 좋은나무교회에서 온 동네 할머니, 할아버지 그리고 꼬마 녀석들까지 진료했다. 감이 익어가는 늦여름 우리 팀은 또다시 이곳을 방문했다. 그리고는 이듬해 어느 초여름날 우리 팀은 아예 온 가족들과 함께 이곳에서 잔치를 열었다. 그곳에서 우리는 신용재 목사님의 열정을 보았고, 사랑을 보았고, 겸손을 보았고, 인내를 보았고, 열매를 보았다. 돌아오는 길에는 어김없이 예수님을 믿고 어떻게 살아야 하는지를 생각하게 했고 또한 다짐하게 해 주었다. 그의 삶이 오롯이 녹아 있는 『봄이 여름하기를』이 책에 추천사를 쓰게 되어 참으로 영광이다.

우상민 원장 | 부산샬롬치과, 월드미션교회 장로

낮은 자를 섬기러 오신 예수님을 닮아가려고 애쓰고 힘쓰는 신용재 목사님의 마음이 고스란히 시에 담겨 있음을 느낍니다. 농촌에서 겸손히 목양하며 성도들을 사랑으로, 지역 주민들을 예수님처럼 섬기는 마음이 담겨 있음이 참 좋습니다.

이경구 목사 | 대구 나눔과섬김의교회

"예수마을에 무슨 선한 것이 나겠느냐!" 세상은 보이는 것으로 판단하고 인정하려고 합니다. 크고 많은 결과에 가치를 두고 풍요와 소유에 기쁨을 누리고자 하는 시대를 살아가면서 가장 안타깝게 여기는 것은 잊혀져 가는 자연의 이름들과 정서입니다. 납닥산 등허리와 오인숲, 밤나무 가지를 빠져 나온 햇살, 어머니 치맛자락처럼 너풀거리는 파도…. 자신을 늘 주님 앞에 함량 미달의 농부 목사로 여기며 소박한 시골 정서를 시로 담아내어 하나님을 노래하는 시인의 따뜻한 마음이 정겹습니다. 성도들의 고단한 일상을 자신의 삶과 같게 여기며, "납닥산 위에 누우신 어머니 네 어머니 내 어머니"라고 소천하신 성도를 그리워하는 시인에게서 하늘 아버지의 긍휼의 마음이 묻어납니다. 오랜 세월 믿음으로 우려낸 진한 사골 국물 같은 시어들이 메마른 가슴들을 적시고 고달픈 삶에 힘겨워하는 이들에게 위로가 되기를 기대합니다.

이광순 전도사 | 대구 침산동부교회

작가의 시를 읽으면 철철이 피는 꽃의 향기가 코끝에 지나가며, 하늘과 나무, 바람마저도 색이 보이는 듯 그림처럼 떠올려집니다. 그리고 하나님 앞에서 하루를 살고, 불러주신 사명 앞에 인생을 살아내는 작가의 감사와 때때로 몰려오는 고뇌 그리고 죄인이기에 자복하며 부르짖는 탄식도 함께 느낍니다. 작가의 시에 녹아든 이 호흡들에 하나님을 향한 나의 고백을 얹어 함께 올려드립니다. 분주한 일상 속 신앙마저 쳇바퀴 돌 듯 '신앙생활인'으로 살아가던 걸음을 멈추고 하나님의 크심을 되새기며, '생활신앙인'으로 주님의 주되심을 기억하며 나의 하나님을 찬양합니다. 이 시집의 시들은 우리의 고백이요, 노래요, 올려드리는 찬양입니다. 가던 걸음을 멈추고 하나님을 기억하고 나의 존재를 다시 되새기는 은혜의 변곡점입니다.

이현주 대표 | 올리브 뮤직 앤 패밀리

이 책은 예수리를 예수마을되게 하기 위해 애쓰는 신용재 목사님의 시편입니다. 농부이자 농촌 마을의 공공재 목사로 살아가면서 예수님을 심고 꽃피우기 위한 마음 담은 시들을 만나게 됩니다. '봄을 기다리며, 봄이 여름하기를, 여름이 열매 맺을 때, 단풍 벗은 나목에게, 또다시 봄을 봄'이 되듯 예수마을이 예수님 안에서 그분과 함께하는 마을 되기를 소망합니다. 이를 위해 예수님을 녹여 넣은 한 편 한 편의 시를 대하면서 예수님의 마음, 농부 목사의 애절한 마음을 느껴봅니다.

정병찬 목사 | 상주 구서교회

머리말

나는 한여름 무성한 잡초처럼 어지러이 자라던 인생이었습니다. 그분이 봄처럼 다가와 어깨를 툭 치며 "나를 따라오너라!" 하신 후 버려진 삶에 질서가 잡혔습니다. 메마른 삶에 생기가 돌았습니다. 꿈이 생기고 친구도 생겼습니다. 덕분에 오늘이 있습니다.

하지만 내 속엔 여전히 나를 향한 분노와 세상을 향한 연민이 가득합니다. 누군가 내게 목사냐고 물으면 죄송하고 부끄러워 선뜻 대답하지 못하는 함량 미달의 목사로 전전긍긍 살아갑니다. 이런 나를 바라보며 "살아 있으니 끙끙거리며 아파한다"고 위로하는 친구가 있어 숨을 돌립니다.

시골 마을에 교회를 개척하고 평생 여기서 마을 어르신들과 함께 살 것이라는 마음으로 농사를 시작했습니다. 하지만 안에서 새는 바가지 바깥에서도 샌다고 농군의 삶도 허접하고 함량이 미달입니다. 그때마다 어르신들이 달려와 도와주셔서 단감이며, 고추며, 마늘이며, 온갖 작물을 부지런히 심고 가꾸고 수확합니다. 작년에는 진정한 농군의 표상이랄 수 있는 나락 농사를 시작했는데 생각보다 편하고(?) 괜찮았습니다.

목사는 마을(세상)의 것입니다. 교회도 마을(세상)의 것입니다. 목사와 교회는 공공재입니다. 마을을 위해 존재하고 마을을 섬기며, 대속물로 그들의 기업을 물어주는 것이 창조의 목적이며 사명입니다. 이를 위해 함량 미달의 목사는 오늘도 여기에서 허접한 농부로, 목수로 꿈틀거리며 살아갑니다. 마을(세상)이 함량 미달의 목사와 허접한 농부의 주(主)이신 하나님의 것이기에….

이 책은 마을의 공공재로 살아가고픈 잡초 같은 목사가 허접한 농부로 살아가며 느꼈던 일들에 대한 단상입니다. 처음에는 시의 형태로 설교를 요약하여 주보의 지면을 채우려는 노력으로 시작되었습니다. 그러다 보니 고래 힘줄 같아야 하는 논지가 고라니처럼 펄떡펄떡 뛰어다녀서 성경의 문맥과 용어를 알지 못하면 글의 의도가 난해할 수 있습니다. 또 시인의 감성이 아니라 농부의 감성으로 썼다가 지우는 일이 빈번한 글들이라 무디고 투박하기 짝이 없습니다.

나아가 농사를 지어보기 전에는 조금도 관심 없던 시

령(時令, 절기)이 단상의 주 관심사로 등장하다 보니 공감이 어려운 부분도 있으리라 생각합니다. 하지만 『대학연의(大學衍義)』의 구절처럼 봄의 생기는 사계절을 관통합니다(春之生氣 貫徹四時). 시편 19편의 말씀처럼 "하늘은 하나님의 영광을 선포하고 궁창은 그분의 솜씨를 자랑하며, 낮은 낮에게 그분의 말씀을 전하고 밤은 밤에게 그분의 일을 속삭입니다." 그러므로 조금만 인내하며 숨은 그림을 찾듯 살펴보면 논밭에 투박하게 감추어 둔 저자의 의도가 보일 것이라 생각해 봅니다.

함량 미달의 목사가 그러하듯 이 책 역시 세상에 내어놓기 부끄러운 것입니다. 그럼에도 불구하고 저의 단상을 좋게 봐주고 출판해 준 카리스의 조현철 대표에게 감사합니다. 그리고 투미스런 마음을 달래지 못해 전전긍긍하는 나를 격려해 준 아내에게 고마움을 전합니다.

2023년 우수에
신용재

차례

제1부 봄을 기다리며

제2부 봄이 여름하기를

11

제3부 여름이 열매 맺을 때

제4부 단풍 벗은 나목에게

제5부 또다시 봄을 봄

제1부

봄을 기다리며

젖 뗀 아이같이

아주 가끔, 어린 시절
고향 마을 외딴 길
밭일 나간 어머니 저고리 끌고 헤매는 꿈을 꿉니다
가는 길을 몰라도
목적은 오직 하나, 어머니

저 멀리, 나보다 먼저
나를 발견한 어머니 놀란 가슴 달려옵니다
막둥이, 내 이름을 부르시며
바람보다 더 빨리 달려옵니다
여기가 어디라고 하시지만
이미 나는 어머니의 젖꼭지를 물고 있습니다

있는 힘껏, 어머니의 체온을 빨아
허기진 생명을 채우노라면
나는, 나도 모르게 스르르 깊은 잠에 빠져듭니다

어머니의 손을 잡고
향기로운 들길을, 두둥실 구름 위를 날아가는
꿈을 꿉니다
어머니 품에 안긴 젖 뗀 아이같이

소천(召天)

하나는
데려감을 당하고
하나는 남겨지는
그날은

항상 깨어 준비해도 도적같이
언제나 도적같이 찾아온다
그날이 오면 당황하지 않도록
부끄럽지 않도록 경건하게
정성 다해 살아가리

항상 깨어 준비해도 갑자기
언제나 그날은 갑자기 찾아온다
그날이 오면 황당하지 않도록
망극하지 않도록 순명(順命)하며
착하게 살아가라

그날이 오면

어떤 이는 춤을 추고

어떤 이는 통곡한다

어떤 이는 애틋하고

어떤 이는 황망하다

입춘 소망*

큰
추위가 지나고
봄의 문턱을 넘어서다
그렇게 보기 원하던 봄
봄이 돋아난다

사랑하는 이여
그대의 가슴에
그대의 입술에
그대의 얼굴에
봄이 피어나기를

---

* 2월초에 시작되는 첫 절기인 입춘(立春)은 계절의 시작이자 봄이 들어서는 날
  이다.

사랑하는 이여
그대의 걸음에
그대의 손끝에
그대의 사명에
봄이 여름하기를

우리는

모두가
힘들다
안 된다
못 살겠다 할 때에도

우리는
작은 것
하나라도
나누며 살아갑니다

외로움과 슬픔
절망과 분노
괴로움과 아픔을 나누며

꿈과 소망
사랑과 평화
믿음과 기쁨을 나누며

함께
손에 손을 붙잡고
고개를 넘어갑니다

눈물

못하겠다
꾹꾹 참아보려 했는데
차마 못하겠다

흐르는 건
흘러가도록
놓아 버려야 하는 것

맑은 물이 솟구쳐
흐르는 것이 흐르고 흘러
막을 수도 없는 것

참아
못하겠다

겨울은 1[*]

봄의 흔적을
말끔히 지웠다
그리고
깊이 간직해 둔
사연을 꺼내어
편지를 쓴다

봄에게

---

[*] 두 번째 절기 우수(雨水)에는 눈이 녹아 비가 된다는 말로, 추운 겨울이 가고
봄을 맞게 된다는 의미다.

눈이 오신 날

수고와 슬픔이 가득한 곳
예수마을 사람마을
귀한 것 몇 있으니
아이와 눈비다

어르신들 가라사대
눈비구름 가까이 왔다가도
예수마을이라면
오시던 길 되돌아간다 신다

시령을 따라

입춘지나 우수에 젖을 즈음
한밤에
토닥토닥 내리던 비
밤새 엎드려 숨을 죽이고
새벽녘엔 하얗게 질려
펑펑 울어 소복이 쌓였다

납닥산 등허리와 오인숲
마른 가지 위에
춘자 어머니 감나무밭과
윤순 어머니 마늘밭에
귀악 어머니 무덤위에
예배당 지붕에

기다리시나니

슬프도소이다 주여
저는 이제
산꼭대기에 겨우 남은 깃대 같고
산마루에 홀로 펄럭이는 깃발 같습니다

하오나 주여
은혜 베푸실 날을 손꼽아 기다리시는 주는
은혜와 긍휼이 풍성하신 아버지
정의의 하나님

독수리가
날개 치며 보금자리를 어지럽힘같이
저희들을 벼랑으로
광야로 몰아내셨사오나

이제는 오시옵소서

휩쓸어가는 골짜기의 물처럼
바닷물이라도 끌 수 없는 불길처럼
일어나시옵소서

가쁜 숨 몰아쉬며
몸소 먼 곳에서 달려오소서
몰려온 것들에 재갈을 물리소서
키질로 날리소서
불길로 사르소서

연기처럼 피어올라 하늘을 가득 채운
노한 음성 들립니다
분함으로 떨리는 입술
번개처럼 번쩍이는 눈
주먹 같은 우박으로 후려치는 팔을 봅니다

사랑하기에 소망하며
소망하기에 기다립니다

마음에게

아들아
마음이 힘겨운 날 바다로 가라

눈에 넣어도 아프지 않은 바다
똥이며 오줌이며 고스란히 받아내고
세상은 어떻게 치유하는지

어머니 치맛자락처럼
너풀거리는 바다를 부여잡고
눈물이라도 한 바가지 쏟아보아라

아들아
마음이 소란한 날 산으로 가라

한결같이 그곳에 선 적막한 산
한숨이며 욕이며 고스란히 짊어지고
어떻게 세상을 견뎌왔는지

아버지 어깨처럼

흔들리지 않는 산꼭대기에 서

고함이라도 한바탕 내질러 보아라

탓

내 뜻대로 되지 않아
탓하다

이웃을 향하여
분노하며 미움과 살인
나를 향하여
분노하며 낙심과 게으름
하나님을 향하여
분노하며 불신과 무례함

그렇게 탓하다
영혼은 가만히 말라 죽다

내 탓이다

꽃샘추위*

봄이다

안심하지 말아라

---

* 세 번째 절기인 경칩(驚蟄)을 전후한 2월 중순부터 3월까지는 일교차가 크고
  꽃샘추위가 찾아온다.

그대의 길에

우수 경칩을 지나니
들판에 내려앉는
볕이 따사롭다
바람이 부드럽다
물이 시원하다

하나님은
하늘에 계시고
그대와 나
땅에 붙어 산다

그대여
광야에 들린
놋뱀을 바라보자
나무에 달려
친히 저주의 상징
혐오의 대상이 되신
예수님을 생각하자

이해할 수 없는
그분의 방식
숨은 그림 찾듯이
눈을 크게 부릅뜨자
보물찾기 하듯
조심조심 살펴보자

그대의 길에
항상 봄과 같은
빛이 비춰길

부르심을 따라서

부르심을 따라서
길을 나설 때
꽃길이라
기대하지 말아라

그 길엔
말이 통하지 않는 사람
말이 되지 않는 사람
수두룩이다

그들이 목사
그들이 장로
그들이 집사
그들이 성도

그들이 발꿈치를
들었다손

이상하다
여기지 말아라

그들이
너의 동료
너의 친구
너의 가족

부르심을 따라서
길을 갈 때
너는 결코 발꿈치를
들지 말아라

설레는 마음으로
웃으며
웃으며 가라

봄이 온다

예수마을엔
언제나
사순절과 함께
봄이 온다*

마을 어르신
비닐하우스 모종도
언제나
사순절과 함께
고개를 치켜든다

마을 앞 강물이
흐르는 것도

----

* 네 번째 절기 춘분(春分)이 지난 후 첫 보름 다음의 첫 주일이 부활절이니 춘
  분은 늘 사순절 기간이다. 재의 수요일부터 부활절까지 주일을 제외한 40일
  이 사순절(四旬節)이며, 성경에서 '40'이라는 숫자의 상징을 인용해 기도와
  경건 훈련의 기간으로 삼기도 한다.

납닥산 이구산
진달래가 피는 것도
언제나 사순절

천지에 떨어진
보혈의 흔적이다

새끼나귀의 기도

멍에 메는
고달픈 짐승의 새끼
매여 있어
떠나지 못한 육신입니다
하오나 님이여!
가시는 마지막 걸음
비틀거리는 연약한 다리
미덥잖은 좁은 등짝
드립니다
님은
가련한 내게로 오소서
오시어
매여 있는 것을 풀어 주소서
어미로부터
멍에로부터
욕심으로부터
풀어 묶어 자유케 하소서

오직 당신
당신께만 길들여지도록
오직 당신
당신만을 섬기도록

그리고 이르기를
보라!
네 왕이 네게 임하나니
춤을 추게 하옵소서

겟세마네에서

심히 놀라고 슬퍼하시다
내 마음 고민하여 죽게 되었다
나와 함께 잠시 동안 깨어 있으라
유혹에 빠지지 않게 기도하라
당부하시는 목소리조차

떨린다

돌 던질 만큼 앞서가시다
이마를 땅에 대고 무릎 꿇어 기도하신다
내 아버지여
부디 할 만하시거든…
가슴이 터지고 미어진다
하늘이 먹먹하고 땅이

막막하다

힘쓰고 애써
더욱 간절히 기도하시니
천사가 나타나 힘을 돕는다
아버지
다만 아버지의 원대로 되기를…
기도에 떨어지는 땀방울이

붉다

그러나 슬픔에 지친 나
마음과는 달리 육신이 연약한 나는
기도 대신 칼을 들었다
잽싸게 도망하던 걸음을 돌이켜
그 결말을 보려고 멀찍이
아주 멀찍이 따라갔다

동산 아래
막다른 골목으로

시험1

네 코가 석 자
목구멍이 포도청이다
현실을 직시하라

사람이 떡으로만 사는 것이 아니다
말씀
의존적인 삶을 살리라

말씀을 증명하라
그가 너를 위하여 사자들을 명하시리니
너를 받들어
돌에 부딪히지 않게 하리라

굳이 내가 왜?
말씀은 말씀으로
주 너의 하나님을 시험치 말라!

무가겸관(無架兼冠)?

허이참!

굳이 왜 십자가인가 쉬운 길도 있건만

네게는 너의 방식

내게는 나의 방식

다만 나는 하나님을 경배하며

그만 섬기리

마침내 악마는 물러가고

천사들이 시중들다

시험 2

시험하는 것이 내 안에 있어
나는 항상 나를 망친다

돈 섹스 권력이다

탐욕은 청빈으로
탐색은 순결로
탐력은 순명으로

닭 울음소리, 꼭이요!

1.
그날 밤
나는 누구보다 큰소리로
장담했다

내가 죽을지언정
당신을
버리지 않겠노라!

하지만
그를 따라가는 나의 걸음은
멀고 더디다

2.
그와 함께
또 다른 제자는 이미 고난의 뜨락에*
들어섰다

나는 홀로
문밖에 서 기웃거리다
급기야

그를 부인하고
문지기 소녀에게 입장권을 얻었다
도대체 무엇을 보려고

———

* 고난주간(苦難週間)은 종려주일부터 부활절까지 일주일간 그리스도의 십자
  가 고난과 죽음을 기념하는 절기다.

3.
그가 심문을 받는 살벌한 자리
냉기가 가라앉고
무덤덤한 사내들이 불가에 둘러섰다

심장이 떨리고 뼈가 시리다
이것이
단지 기분 탓일까?

기어코 나는
불가에 서서 그를 저주한다
닭 울음소리 듣는다

4.
꼭이요!
오늘 나는 누구보다 작은 소리
읊조린다

고향무정

유년 시절 동무들과
걸었던 길이 그대로
뛰놀았던 동산이
그대로

명절이라
고향을 찾아도
고향은 더 이상
고향이 아니다

가까운 사람에게 주고받는
상처가 두려워 데면데면
건조하게 주고받는
목마른 안부

친구들과 형제들과
그렇게 쉽게 웃고
그렇게 쉽게 울던
그 날들이 그대론데

윤선에게

어느 날
지인의 손에 이끌려
만난 얼굴
착하고 다정한 얼굴

낯가림도 없이
주고받던 선한 웃음
속도 없이 주고받던
해맑은 표정

그렇게 끝나버린
짧은 만남
가끔은 그 얼굴이
궁금해

그 시간에 파묻혀
이제는
얼굴도
기억나지 않아

아아 미안한 마음
너의 소망
너의 걸음
너의 만남 복 되어라

봄의 생겨남*

그대여
저기 저 납닥산 너머, 오는
봄을 보았는가?

본 사람 없지만
모두가 보았다는
봄

어느새
감나무 굳은살 뚫고 나온
여린 새순

---

* 다섯 번째 절기 청명(清明)에는 따뜻하고 화사한 봄이 온다.

생명은

언제나, 은밀하고 위대하다

여기 있다

봄

눈

슬프도소이다 주여!
보시옵소서
배부른 자의 조소와
교만한 자의 멸시
온 땅에
영혼에 차고도 넘칩니다

하늘에 계신 주여!
불쌍히 여기소서
긍휼을 베푸소서
내가 눈을 들어
주만 바라봅니다

상전의 손을 바라보는
종들의 눈과 같이
여주인의 손을 바라보는
여종의 눈과 같이

우리의 눈은
하나님만 바라보며
은혜를 베푸실 날
기다리고 기다립니다

삽목(挿木)

예수마을* 입구에 선
수사해당
예쁘게 아름답게
해마다
꽃부시다

벼르고 벼른 마음
올봄에
가지 하나 얻어와
음습한 모래무지
정성껏 묻어 두었다

하루 이틀 사흘 지나
가지 눈에 싹이 튼다
나흘 닷새 엿새 지나
꽃망울이 생겨났다

_____

* 시인이 농사짓고 목회하는 곳이 경남 사천 정동면의 '예를 숭상하는 마을'이
   란 뜻의 예수리(禮樹里)이다. 시인은 예수마을이라는 동음이의로 사용한다.

울음을 터트렸다

완벽한 부활*
보이지 않는 곳에선
있는 힘껏 수액을 빨아
실낱같은
뿌리를 내렸겠지

가지가
꺾이는 아픔을 지난
부활 생명
언제나 눈부시다
웃음이 터진다

---

* 부활절(復活節)은 예수님의 부활을 기념하는 기독교의 가장 큰 절기이다. 새
  생명을 얻었다는 뜻에서 많은 교회가 이날에 세례를 시행하기도 한다.

그날에

그날
바위 속에 판 새 무덤의 문이 닫힐 때
우리는 망연자실
무덤을 향해 한참 동안 앉아 있었다

그날
어둠이 채 가시지 않은 어린 새벽
향유를 안고 우리는
서러움처럼 무덤을 향해 걸었다

그날
바위가 터지고 무덤의 문이 열렸을 때
우리는 어안이 벙벙
주검처럼 새파래진 얼굴로 떨며 섰었다

그날
빈 무덤에 오라! 보라! 가라! 전하라! 하실 때
비둘기처럼 우리는
무서움과 큰 기쁨을 안고 내달렸다

그날
갈릴리 호수에서 형제들이 그분을 뵐 때
먼발치서 우리는
다만 사랑하노라 울먹이며 고백했다

그리고
그날에

행하는 자라야

주여 주여
저는 아니지요?

마지막 식사의 자리에서
뒤꿈치를 든 친구처럼
그 어느 때보다
그 누구보다
다정한 목소리로
당신을 불러 봅니다

주님의 이름으로
목사의 삶을 살았습니다
주님의 이름으로
귀신을
병마를 제압했습니다

당신의 나라에 임하실 때
기억해 달라던 강도처럼

그 어느 때보다
그 누구보다
간절한 마음으로
당신을 외쳐 봅니다

주여 주여
저를 아시지요?

가난한 사람의 하루

어쩌면 한 움큼
딱
그만큼만 가졌으면 했습니다

운이 좋아 한 움큼
딱
그만큼을 거머쥐면 슬펐습니다

손이 작아
꿈이 작아
아주 많이 슬펐습니다

그것이 뭐라고

가뭄*

겨울 가뭄에 이어
봄 가뭄도 끝이 없다
심어 놓은 모종보다
내가 먼저 타 죽겠다

하늘이 곤고하니
마음엔 손바닥만한
구름 한 점**
가뭄이 끝이 없다

---

* 봄의 마지막 절기이자 여섯 번째 절기인 곡우(穀雨)에 알맞게 비가 와야 새싹
  이 움틀 수 있다.
** 엘리야는 그의 시종에게 올라가서 서쪽 하늘을 바라 보라고 일렀다. 시종이
  올라가 서쪽 하늘을 바라보고 와서는 아무것도 보이지 않는다고 대답하였다.
  엘리야는 일곱 번이나 되풀이하여 가보라고 명하였다. 시종은 일곱 번째 보고
  와서는 바다에서 손바닥만 한 구름 한 장 떠올랐다고 보고하였다(공동번역,
  열왕기상 18장 43~44a절)

엠마오로 가는 길

클레오파트로스(Κλεόπατρος)*
그 이름처럼 살고 싶었습니다
잘해 보고 싶었습니다
그런데 항상 미끄러집니다
잘 한다고 하는 일이
항상 미련합니다
잘 간다고 가는 것은
항상 게걸음입니다

이제는 그만입니다
고향 땅
누가 파놓았는지 알 수 없는
우물에서 솟아나는
따듯한 물이 그립습니다**

---

* 누가복음 24장 18절에 등장하는 한글 성경 음역 '글로바'라는 인물은 헬라어로
  클레오파트로스(Κλεόπατρος), 그 뜻은 '아버지의 영광'이다.
** 엠마오 이름의 뜻은 '따듯한 우물' '온천'이다.

그 물에 온몸을 담그고 이제는
정말로 그만하고 싶습니다

그래서 엠마오입니다
지난 시간
좋은 때도 있었노라 웃어보지만
그마저 쓰고 또 괴롭습니다
너희가 길가면서 주고받는
이야기가 무엇이냐?
낯선 이의 갑작스런 질문에
애써 잊으려던 슬픔이 밀려와
한참을 길 위에 섰습니다

오 퀴리오스(Κύριος)*
때는 저물고 날은 이미 기울었나이다

———

* 퀴리오스(Κύριος)는 주(Lord)를 뜻한다.

제 2 부

봄이 여름하기를

봄이 여름하기를

목련은
지난가을부터
두 손을 모으기 위해
가진 것 모두 다
내려놓았다

부디
혹한의 시간에도
푸르른 것들
부러워하지 않기를
고난과 헐벗음
부끄러워하지 않기를

봄의 생기가 돌아와
비할 수 없는 순백으로
잎보다
먼저 태어나
달고 부드러운 향기
뿜어낼 수 있기를

봄이 여름하기를
간절히 기도했다

넋두리*

이른 아침부터 늦은 시간까지
논과 밭을 헤매며
오늘도 열심히 살았노라
이유야 분명하다
목사가 마을에 들어와 농사를 지으며
소통을 하고
이왕에 하는 농사
욕을 먹고 싶지 않아서
목사님 농사가 풍년이다
칭찬 듣고 싶어서

그런데 보시라
저녁이면 팔다리 허리 어깨
결리고 쑤셔서
덕지덕지 파스를 주워 바른다
그러게 누가 농사를 하라더냐?

———

* 일곱 번째 절기인 입하(立夏)는 대개 한창 못자리를 하는 시기이자 모종을 옮
  겨 심는 시기이다.

니가 목사지 농부냐는 핀잔에
기도 죽고 의욕도 죽는다

그러고 보면 누 말마따나
세상에서 목사가 제일로 쉬웠다
아니다
영혼의 농사든 육체의 농사든
정성을 기울이지 않는 농사
그가 제일 쉬웠다

너희도 서로

인생을 걸으며
우리
하늘을 보고 꽃을 본다
비에 젖고 먼지를 마신다

동행이 있어 좋다
좋다만
항상
그런 것은 아니다

때론 그가
하늘이 되고 비가 된다
또한 내가
꽃이 되고 먼지가 된다

그렇다 우리는
그러므로 우리는
젖은 눈으로
하늘을 보자 꽃을 보자

뜨거운 눈물로
비에 젖은 마음
흙물든 발등을
닦아주자

우리가 서로

마을 잔치*

예수마을에 감꽃이 피어난다
행복이 피어난다
가지마다 꿈이 달린다

입이 귀에 걸린 사람들이 하나둘
마을 큰집으로 모여든다
저마다의 소망을 잔에 담아
주고 또 받는다

흥에 겨운 노인회 회장님은 색소폰을
부녀회 회원들은 하모니카를 분다
이장님이 멋진 목소리로 노래를 부르면
마을 사람들이 일어나 일제히 춤을 춘다

---

* 여덟 번째 절기 소만(小滿)은 초여름으로 식물의 푸르름이 대지를 조금씩 덮
기 시작한다는 의미다. 이때 이른 모내기를 하거나 감꽃이 피기 시작하고 보
리가 익어간다. 매년 오월, 마을 큰집-좋은나무교회-에서는 마을잔치를 열고
이웃들과 함께 기쁨을 나눈다.

예수마을에 웃음꽃이 피어난다
사랑이 피어난다
복음이 영근다

넓은 길

그 바람에
그 물결에 떠밀려 여기까지 왔습니다

혼자가 되는 것이 두려웠습니다
많은 사람이 그 길에 서 있었고
스스로 보기에도 좋았습니다

흐르는 듯 흐르지 않는 듯
그렇게 스며들고 떠밀려 가다
나도 몰래 길들여진 삶의 방식
몸과 마음이 편했습니다

점점 더 아래로
한참을 흘러가다 정신을 차려보니
돌이킬 수 없는 길
나 혼자 여기까지 떠밀려 왔습니다
어쩌면 좋습니까?

상사화

그리움이
고개를 치켜든다
국화 덤불 속에서

장마가 짙은 계절
주룩주룩
젖은 몸이 서 있다

이제 와
무엇을 어쩌자는 것인지
도대체

굳게 다문 입술을 깨문다

붉은빛 꽃망울은
젖어
끝내 연분홍지다

그날 밤에*

입이 터지고 고막이 터지도록
오늘도 흠씬 두들겨 맞았습니다
찢길 뻔하였습니다

나라면
돌아앉아 울었습니다
눈알이 벌겋도록

이 싸움을 빨리 끝내고 싶습니다
어느 때까지입니까?
어깨가 들썩입니다

주께서
곁에 서서 우십니다
어깨를 도닥이며 웃으며 우십니다

———

* 그 날 밤에 주께서 바울 곁에 서서 이르시되 담대하라 네가 예루살렘에서 나
  의 일을 증언한 것 같이 로마에서도 증언하여야 하리라 하시니라(사도행전
  23장 11절)

너라서, 너라서 좋다
너라서, 너니까 다행이다
너니까, 너니까 믿는다

숨

동산을 거니시는
당신의 소리를 들었습니다
두려웠습니다
당신의 낯을 피해 숲속으로
들어가 숨소리조차 집어삼키며
웅크렸습니다

동산에 매달리신
당신의 부르짖음 들었습니다
두려웠습니다
사람들의 낯을 피해 다락으로
들어가 입을 틀어막고 문도 굳게
잠갔습니다

부끄럽고 괴롭습니다
외롭고 무섭습니다
두려움에 치를 떨고 숨쉬기 가빠올 때
깨닫습니다

이 숨이 누구의 숨결인지…

후우~
너희에게 평강이 있을지어다
성령을 받으라*

_____

* 성령강림절(聖靈降臨節)은 부활절 후 50일 되는 날, 즉 오순절(五旬節)에 성
  령이 강림한 일을 기념하는 절기다.

또 다른 선생님께

선생님, 마음이 미련하여
말씀하신 것을 더디 믿는 어리석음을
용서해 주시렵니까?

돌 같은 마음을 쪼개어
전혀 새로운 모습을 기대하셨건만
좀처럼 다듬어지지 않는 삶을
용서해 주시렵니까?

너희가 나를 사랑하면 나의 계명을 지키리라
나를 사랑하는 자는 아버지께 사랑을 받을 것이요
나도 그를 사랑하여 그에게 나를 나타내리라
우리가 그에게 가서 거처를 함께 하리라

아직 함께하셨던 순간에도
포기하지 않고 일러주신 말씀을 기억합니다

그리하여 마침내
선생님의 이름으로 오신 선생님께서
말씀하신 것을 깨닫게 하시고 생각나게 하심을
감사합니다

이전에 배웠던 익숙한 언어들은 버리고
선생님의
말하게 하심을 따라 말하게 하심을
감사합니다

선생님, 이제는
아무리 외쳐도 알아듣지 못하는
허다한 말들을 포기합니다
보혜사의 언어, 사랑의 행위로만 고백하는
제자이고 싶습니다

골방에서

당신을 만나는 비밀스런 자리

거기에서
오늘도 나는 차를 마신다
한숨을 쉰다 수다를 떤다

한마을 살게 된 모 씨의 옹졸함을
웃담 사는 지 씨 어르신의 가난함을
귀악 명순 윤순 어머니의 건강을
홀로 계신 임석 어르신
최근에 더욱 쇠약해진 얼굴을 떠올려 본다
그리고 불러보는 살가운 이름들
찬 희 연 자 국 선
관 배 정 영 별 빛

이름들을 당신의 손에 얹어놓고
아쉬움 가득한 마음으로
다방 문을 나선다

아직도 찻잔은 따뜻하다

너희 의가

승려 신부 목사들보다
훨씬 낫지 아니하면
하늘나라에 들어가지 못할 것이다

무슨 날벼락 같은 말씀입니까?
그들의 모습을 보십시오
단정한 옷차림 경건한 걸음걸음
신심 깊은 말투
어찌 그들의 그림자라도 밟겠습니까?

맑은 물로 눈을 씻고 다시 보아라
성의(聖衣)에 감추어진 위선
피 흘리기에 빠른 걸음
혀로는 속임을 베풀고
입술에는 독사의 독이 가득하다

그러면
천국에 들어가는 것이 참으로
쉽겠습니다

아서라 너희일까 보냐*

---

* 사람의 힘으로는 할 수 없지만 하나님께서는 다 하실 수 있다(현대인의성경,
  마태복음 19장 26절)

형제애*

매화가 피었다 지면
복사꽃 사과꽃
감꽃이 피었다 지면
어린 우리는
서로를 부둥켜안고
눈이 퉁퉁 붓도록
울고 또 울었습니다
이별이 어떻게
이렇게 쉬울 수 있느냐고
때로는 눈을 흘기며
때로는 목을 놓아
울고 또 울었습니다
그러던 어느 날
폭포처럼 비가 쏟아지면
비로소

---

* 아홉 번째 절기인 망종(芒種)에는 씨를 뿌려 한 해 농사를 시작하는 때다. 이
즈음 감꽃이 떨어지게 되고, 그러면 콩 심을 때인 줄 알게 된다.

이별의
슬픔은 슬픔으로
아픔은 아픔으로
상처를 가진 사람이
상처를 치료할 수 있음을

그리하여
꽃이 진 자리 몽
우리 든 것을 보며
환하게 웃습니다

회개

주님
누군가를 찌르지 않고는 견디지 못하는
독사의 자식입니다
이미 머리가 깨어졌건만
끝끝내 버둥거리는 아비의 길을 가지 않게
도와주소서

주님
스스로 아브라함의 자손이라 긍정하지만
이것이 아닙니다
오랫동안
교회를 출입하며 세례도 직분도 받았지만
이것도 아닙니다

주님
도끼가 이미 뿌리에 닿았습니다
죽음과 심판
나의 남은 날을 세어보게 하옵소서

자기의 타작마당
주님의 손에 들린 키를 보게 하옵소서

주님
광야에서 외치는 자의 소리
듣습니다
회개하라 천국이 가까웠다!
지금
그리고 여기에

6월에*

꽃들은 꽃들대로
나무는 나무대로
저마다 한결같다

구름을 불러 모은
바람에
한바탕
소나기가 쏟아져도

꽃들은 꽃들대로
나무는 나무대로
저마다 한결같다

---

* 열 번째 절기인 하지(夏至)는 여름의 한가운데인데, 장마와 가뭄을 대비해야
  할 때이기도 하다.

하지를 향해 달리는
태양에
대지가
점점 달구어져도

꽃들은 꽃들대로
나무는 나무대로
저마다 한결같다

그리스도인으로 산다는 것

쉿! 비밀이야
그러나 비밀은 없다

감추려야 감출 수 없고
숨기려 할수록 더욱 드러나는 것들

사랑
섬김
부끄럼
꽃방귀

설레는 비밀이야
향기 나는 비밀이지

두 주인

사람이 불안불안하니
마음이 쪼개진다

마음이 나뉘니
삶이 더욱 곤고하다

아프다
답답하다

또 다른 보혜사께 기대어

욕심 분노 어리석음
나무칼로 귀를 베어도 모를 얼굴

온종일 흙을 만지고
풀을 뽑는 아담

새들이 웃는다
바람이 웃는다

덜어내도 드러나는 돌멩이
베어도 웃자라는 풀

아버지여!
제가
하늘과 아버지께 죄를 얻었사오니
이제부터는
아버지의 아들이라
일컬음을 받지 못하겠나이다

다만
품꾼의 하나로라도
여겨주소서

부디…

맥추감사*

이슬 한 방울 맺히지 않는 들판에서
목이 마른 식물은 풀이 죽는다
멍멍 멍멍멍
간밤에 검둥이 누렁이가 그렇게 짖어대도
멧돼지는 새끼들을 끌고 와서
옥수수를 고구마를
향기로운 복숭아를 아작 내고 사라졌다

아아
시원한 바람, 소나기라도 한바탕 쏟아졌으면

가파른 언덕에 선 아담에게
늦은 장마를 재촉하며 감사절이 찾아왔다
후둑 후두둑

---

* 열한 번째 절기 소서(小暑) 즈음에 7월 첫째 주일인 맥추감사절(麥秋感謝節)
  이 있다. 히브리인들이 밀이나 보리를 수확한 후 첫 열매를 드렸다고 하는 맥
  추절과 연관이 있으며, 최근 우리나라에서는 기온이 올라 망종이 지나면 보리
  를 수확하는 추세다.

간만에 떨어지는 빗방울은 눈물이 되고
이글거리던 불평도 가라앉아
들판이 길들이
원망 가득 찬 가슴이 이내 차분하다

푸념
가득한 입술엔 감사가 찬양이 흘러나온다

다시 맥추감사

절반을 감사하며
절반을 기대합니다

때로는 울게 하시고
때로는 웃게 하신 절반
울고 웃던 시간들을 다만 감사합니다

울며 시작한 절반
절반을 살고도
절반을 남겼으니
웃으며 기대합니다

이제 여기
비록 작은 것이라도
주께 드리며 감사하오니
다가오는 감사절에는
더욱 풍성한 것으로 드릴 수 있기를

기도합니다

송영(doxology)의 삶

스스로 돕는 자를
도우시는 하나님께
기도(祈禱)를 기도(企圖)*하자

분명 우리의 기도는
아멘 이전과
이후의 삶이 달라야 하나니
생각으로만
말로만 해왔던
기도(祈禱)는 중단하고
아멘하며 기도(企圖)하자

사람의 걸음을
인도하시는 하나님께
기도(企圖)를 기도(祈禱)하자

————

* 기도(企圖): 어떤 일을 이루려고 꾀함. 또는 그런 계획이나 행동.

분명 우리의 기도는
나를 버리고
하나님을 긍정하나니
고집스런 생각과
허다한 일들은 내려놓고
기도(企圖)를 기도(祈禱)하며
아멘하며 기도하자

웃으면서 송영하자

나라와 권세와 영광이
영원히
아버지의 것입니다

아! 벨릭스 벨릭스여!*

나는 지금
행복을 꿈꾸며
행운을 좇아서 살아간다
오직 나의 오직 나만의

정의로운 삶은
욕심의 무덤에 덮어두라
눈감으면 그뿐이다

절제의 삶은
가난한 자의 넋두리
욕망이 끄는 삶을 살아가리라

---

* "바울이 의와 절제와 장차 오는 심판을 강론하니 벨릭스가 두려워하여 대답
하되 지금은 가라 내가 틈이 있으면 너를 부르리라 하고"(사도행전 24장 25
절) 벨릭스(Felix)라는 이름의 뜻은 '행복한' '행운의'이다. 당시 역사가인 타키
투스(Tacitus)는 벨릭스를 "잔인하고 음탕하며 노예의 정신을 가지고 국왕의
정치권을 행사한 자"라고 기록했다. 결국 부정과 부패 혐의로 총독 직위에서
파직된 벨릭스는 베스비우스(Vesuvius)에서 가족들과 함께 그동안 치부한 재
산으로 행복한 여생을 계획했지만, 주후 79년 베스비우스 화산 폭발로 한 줌
의 재가 되었다.

장차 올 심판
두렵기는 하지만 죽어 봐야 아는 것
나는 지금 개똥밭을 뒹군다

뒤돌아보지 마라
올려다보지 마라
내다보지도 말라

지금은 가라
틈이 있으면 내가 너를
다시 부르리

아! 벨릭스
여기 한 줌 잿더미 되다

아멘

그분의 말씀에
나의 꿈
나의 생활
나의 범사가
아멘 할 수 있다면
참말로 좋겠습니다

네 그렇습니다

그분의 사랑
그분의 섬김
그분의 삶
나도 다만 아멘 하며
흉내 낼 수 있다면
네 그렇습니다

참말로 좋겠습니다

그러면 정말로

정말로

얼마나 좋을까요?

참으로 아멘입니다

오늘도

님이여
그렇게 좋았던 마음이
추억이 되었습니까

어느 길모퉁이를 지나며
차를 마시며
비에 젖으며 나누었던
수많은 이야기
달콤했던 약속이
추억이 되었습니까

그때나 지금이나
인생은 여전히 어설프고
이토록 빠르게
꽃이 피고 질 거라
생각하지 못했습니다

그렇다고 변한 것
하나도 없습니다

님이여
그리하여 나는
오늘도 그 길을 걸으며
차를 마시며
비에 젖으며
당신께 나아갑니다

임마누엘 1

어제 보던 얼굴을 보며
눈을 뜨는 아침
항상 걷던 길을 걸어
일터로 가는 걸음
익숙한 음식을 먹으며
아는 맛이 무섭다
말하는 그대여

어쩌면
오늘도 전혀 새롭지 않은
삶을 사는
답답한 그대에게

오늘도
나는
당신과 함께

조금도 새롭지 않은
새로운 길을
걸었노라

웃으며 속삭입니다

임마누엘 2

사랑
지독한 사랑
그 사랑이
나를 살렸다
그 사랑에
내가 산다

상황
그 누구도 이해 못할
지독한 상황
말 못할 상황에서
허우적거리며
울고 섰다

다시
사랑
사랑이 내게 묻는다

그대

지금

누와 함께 어디 있느냐?

길*

가뭄을 뚫고
장마가 왔다
반갑고도
달갑잖은

그사이 웃자란 풀들은
길을 덮었다
대체 누가 이토록 부지런히
씨를 뿌렸는가?

잠시도
한눈팔지 말라고
눈 깜작할 사이
길은 뵈지 않는다고

---

* 대양의 물도 한 방울의 물들이 모여서 이루어지는 것. 장마는 가뭄이 가로막
은 길을 내어 우리에게 오지만, 만사가 새옹지마(塞翁之馬), 그것이 오히려 우
리의 앞길을 막기도 한다. 그렇게 우리의 길을 막는 장애물은 얼마나 많고도
부지런한가? 우리는 분명 그들보다 더욱 부지런히 길을 내야 한다. 마치 대양
을 이루는 한 방울의 물처럼 땀방울이 길을 내고, 그 노고가 강물을 이루어 길
을 낸다.

새벽부터 부지런히
풀을 매어 길을 낸다
이마에 이슬이
등줄기에 강물이

온유에게

어디로 튈지 모르는
길들이지 않은
길들이려 할수록
길길이 날뛰는
분노 난폭 매정 잔인
꼴이 우습고 사납다

언제쯤
언제쯤일까
곡식에 스며든
햇살처럼
그물에 걸리지 않는
물결처럼

분노하지 않는
난폭하지 않는
매정하지 않는
잔인하지 않는

따듯하고 부드러운

겸손한 너는

성화

아스팔트를 뚫고
피어난
국화 옆에서

날마다
나는 나를
부정한다

나 아닌 나
날마다
긍정한다

때로는
무기력해도
때로는
피 흘리기까지

부르심

부르심을 따라서
길을 나섰다
꽃길일 거라
기대하진 않았다
그래도 힘이 든다
중심을 보시는
하나님께
마음을 쏟아 놓았다

이러시면 곤란합니다
기다림이 길어도
너무한 것 아닙니까?

지독한 길이다

부르신 이의 처분을
기다릴 뿐

여름에*

봄의 생기가 자라나
여름으로
열매 맺어가는 시간

햇살이 따갑고 푸르른 어느 날
산까치가 날아와
복숭아를 쪼아 먹었다

하늘이 주신 것
날 동무와 나눠 먹으니
감사한 일이다

빗방울 뚝뚝뚝 떨어지는 어느 날
멧돼지가 내려와
고구마를 갉아 먹었다

———

* 열두 번째 절기인 대서(大暑)는 한창 무더울 때다. 대표적 구황작물인 고구마
  꽃은 잘 피지 않아서 백 년에 한 번 핀다고 하지만, 최근에는 기온 상승으로
  종종 볼 수 있다. 고구마 꽃은 '행운'이라는 꽃말을 가지고 있다.

흙에서 난 것을
산 동무와 나눠 먹으니
이 또한 감사하다

하지만 친구야 여름을
가을하게
조금만 조금은 남겨주겠니

고구마 꽃이 피었습니다

샬롬 샬롬

모난 돌이 정 맞는다
좌로나 우로나 치우치지 말아라

누는 좌하고 누는 우하니
누는 싱겁고 누는 짜고 짜다

평안은 가고 없다 다툼은 가득하다
너희 가운데 소금을 두고 화평하라

너희 말을 은혜 가운데
소금으로 맛을 냄과 같이 하라

평화를 위하여
너는 좌하라 나는 우하리라

제 3 부

여름이 열매 맺을 때

복숭아*

1.
날이 풀리듯 움츠린 마음이 풀렸습니다

부푼 가슴을 안고 들판에 나갔더니
연분홍 치마를 입은 어여쁜 소녀가
양지 신록의 그늘에서
얼굴을 붉히며 인사를 합니다
들뜬 마음에 언제 왔느냐 물으니
밤새 이슬을 맞으며 기다렸답니다

그 사이 주고받는 미소가
벌 나비처럼 날아다녔습니다

---

* 열세 번째 절기 입추(立秋) 즈음에는 품종마다 다르지만, 주요 품종의 복숭아
  가 무르익는다.

2.

간밤엔 정성을 다해 편지를 썼습니다

녹음이 짙어진 나무 아래
청바지와 하얀 티셔츠로 멋을 내고
일찍이 나아가 한참을 기다렸습니다
두근거리는 마음에 하늘을 바라보니
가지 사이 뽀오얀 솜털 아기씨
빙그레 웃으며 인사를 합니다

뜨거운 햇볕 아래 붉어진 가슴
단물이 드는 것은 분명히 사랑입니다

그대 생각, 묵상

납닥산 등허리를 밟으며
해 질 무렵
당신께 올라갑니다
이렇게
가쁜 숨을 몰아쉬는 것은
평소에 챙겨두지 못한
경건의 연습
저질 체력 탓입니다

물안개 핀 뚝방을 걸으며
이른 아침
당신께 나아갑니다
때로는
숨이 턱밑까지 차오르도록
내달리는 것은
시린 바람
눈물을 씻기 위함입니다

오늘
동산에서, 물결 따라
걷는 것은
길 위에
항상
당신이 계시기 때문입니다

8월에

아이야
입추가 웬 말이냐
가만히 앉았어도
등줄기에
강물이 흐르는데
이마엔
장마 지고
여름은 여전한데

그리하여
이 물이 닿는 곳마다
열음은 익어가라
가실로 결실하라

처서에*

여름이
여름여름하던 시간도 끝
나간다

그렇게 내리쬐던 햇볕
그렇게 쏟아붓던 빗방울
이러다가 한 해 농사 끝
나겠다 싶었던 걱정까지

팔월에는 팔월의 바람이 불고
가을은 저만치서
가을가을 빙그레 웃는다

_____

* 열네 번째 절기인 처서(處暑)는 여름이 가고 가을이 드는 계절의 변화를 느끼
   게 되는 시기다.

다시 처서

그날이 오면
언제 그랬냐는 듯
엄한 소리로
호령하던 것들도
풀이 죽는다

그야말로
풀은 마르고
꽃은 시드는 법

그날이 오기까지
여기
폭염을 피해
납닥산 자락에
웅크린 사람아

그야말로
바람의 색깔
향기가 바뀌었다

힘을 내라
일어서자

지인에게

지인이 온다기에
대서가 지났는데도
옥수수를 몇 대 남겨두었다

입추가 지나
처서가 되어서야 약속대로
찾아온 친구

이미 누렇게 익어서
삶아 먹기엔 딱딱하고
종자로 쓰기에 딱이다

그날이 오면
네가 땅에 뿌린 종자에
주께서 비를 주사

땅이 먹을 것을 내며
곡식이 풍성하고
기름지게 하실 것이다

비판흔(批判痕)

그날 그 일로
나는
선악을 아는 일에
그분과
같이 되었습니다

넘지 말아야 할 선
그 선을 넘어
그분이 주셔서
함께 살게 한
내 살 중의 살도
변명의 대상
내 뼈 중의 뼈도
심판의 대상이
되었습니다

사랑하고
사랑을 받으며

도와주고
덮어주고
위로하라고 돕는 배필

사명은 벗어 던지고
주섬주섬
정죄의 옷
심판의 옷을 입고
모든 것이
너 때문이라고
당신 때문이라고
중얼거렸습니다
부끄러운 줄도 모르고

마치 내가
그분이
된 것처럼

어머니

내 고향 부산
모친 상사 후
십수 년 만에 돌아와
바닷물에 발을 담그다

알싸한 냉기
밀려오는 손결
눈물보다 짠 것은
예나 지금이나

아스라이
들려오는 파도 소리
고향은 여가 아니다
사람이다

그날
먼 길 가는 나를 안고
여다 다 쏟고 가라시던
어머니

여가 고향인 것을

백로(白露)에*

자 이제 그만이다

곧추섰던 태양도 지쳤는지
숨을 헐떡이며
비스듬히 기대서면
밤기운은 천천히 가라앉고
물방울이 풀잎에 엉긴다

그 사이

허리 한 번 펴지 못해
차마 헐떡이던
부지런한 농부의 손

———

* 열다섯 번째 절기 백로(白露)는 일교차가 커지면서 이슬이 맺히는 날이다. 어른들은 자식을 키우는 일을 농사에 빗대었다. 농사 또한 자식을 키우는 일에 빗댈 수 있을까? 백로가 되면 밤에 기온이 내려가고, 대기 중 수증기가 엉겨서 풀잎에 이슬이 맺힌다. 온 땅은 가을로 물들어가고, 고된 여름 농사를 마무리한 농부들은 추수 때까지 잠시 일손을 쉬게 된다. 이때 외지로 간 자식들이 부모님을 찾아뵙고, 시집간 딸아이도 추석을 맞아 친정을 찾는다. 이것을 근친(覲親)이라고 한다.

엉겨 붙은 땀방울을 훔쳐내고
시집간 딸아이를 불러 본다

아아
맑은 이슬이여
더 맑은 눈물이여

가을에는

주님! 가을입니다
참으로 대단했던 여름을 나며
이제는 가을을 바라봅니다

그리고 기도합니다
지난여름
폭풍에도 꿈쩍 않던 한 그루 나무처럼
폭염에도 반짝이던 잎사귀처럼
그 잎사귀가 늘여놓은 그늘처럼
그렇게 살 수는 없느냐고

그리고 울어봅니다
그 무성한 가지를 빠져나온 바람처럼
그 바람을 가득히 품어 안은 허수아비처럼
그 아래 가만히 익어가는 낱알처럼
그렇게 살고 싶다고

주님!
그랬으면 참으로 좋겠습니다

선생님께

선생님, 그날
제 어깨를 툭 치시며
나를 따라오너라
아무든지
나를 따라오려거든
하셨던 순간을 기억하십니까?

한여름, 무성한 잡초처럼
어지러이 자랐던 인생이
선생님 그 말씀에
베인 바 되어
마른 풀잎같이 쓰러져
엎드렸던 순간을 기억합니다

타오르던 햇살에
사방의 물길이 말라가도
엎드렸던 그 자리

아직도 축축했던 그 자리를
기억합니다

그런데 보시옵소서
저의 삶이란
끊임없이
자신을 긍정하며
욕심껏
욕심내며 살아갑니다

사랑하며 산다는 것
이해하며 산다는 것
용서하며 인내하며
베풀고 섬기며
십자가를 진다는 것
어찌 이리 고달프고 힘이 듭니까?

선생님, 죄송합니다
말씀대로 살아내지 못함을
그리하여
다만 넘어진 자리라도 적시며
적시며 가겠습니다

교회

미안하다 미안하다
무슨 말씀 가족끼리

예배당 마당에 앉아
여든을 훌쩍 넘긴 자매와
어깨를 나란히 정담을 나눕니다
사랑이 쌓여갑니다

눈부신 하늘
그림처럼
가을색으로 물드는
예수마을

목사 같잖은 목사의 가슴
맑은 물 고입니다

일용할 양식

빌어먹을 인생이여
오늘도
호화로이 연락하는
큰집의 문간을 기웃거린다

들며 나며 힐끔거리는 눈
혀를 차는 친구들
차라리
개들은 헌데라도 핥아 준다

이제는 그만이다

발끝에서 솟구쳐
애간장을 태우고
갈라진 얼굴을 타고 내리는
따가운 눈물

주는 이 없어
쥐엄 열매로 허기를 달래다
사람이 그리워
큰집 앞을 서성인다

9월은*

하늘이 우물처럼
깊어지고 맑아져도
아직은 아니라고

강물이 바람처럼
투명해지고 차가워져도
아직은 아니라고

누그러든 햇살에
열매가 살이 찌고
열매가 살이 찌면

감나무 잎사귀가
알록달록 물이 들고
얼룩덜룩 붉어지면

———

* 9월 하순이면 밤낮의 길이가 같아지는 열여섯 번째 절기 추분(秋分)이 되지
만, 아직은 가을 초입이다. 여름 더위는 남아 있지만 이즈음에 다양한 작물의
가을걷이가 시작된다.

그때 가보자고
여름에게 가을에게
편지를 씁니다

가을색 1

감나무
밤나무
소나무
거기에 달린 가을색은
정말 예쁘다

비에 젖고
바람과 햇볕에 말린
가을색은
선물과 같다

눈물이 난다

가을색 2

감나무
밤나무
소나무
거기서 떨어진 가을색은
슬프다

비에 젖고
바람에 흔들리는
가을색은
정말 아프다

눈물이 떨어진다

올해 구월

노아의 때와 같이
사람들이
먹고 마시고
장가들고 시집가며
추석 대목 잡이 분주할 때
태풍과 함께 오시다

쌀나무가 자빠지고
감가지가 부러져서
어안이 벙벙할 때
오시어 꾸짖으시다
믿음이 적은 자를, 바람을
꾸짖으시다

청명한
하늘을 보이시다

올해 추석

사람이 고향이다.

어머니 아버지, 장인 장모께서 소천하시고 밟아보는 고향 땅이 더 이상 고향은 아니었다. 그리하여 언제부턴가 고향을 지척에 두고도 이방인처럼 여겨져서 멀리하는 신세가 되었는데….

올 추석은 어찌할까?

직장을 얻어 서울로 간 딸아이가 명절이라 집에 온다니 마음이 새롭다. 저도 내 맘 같아서 여기가 고향일까? 아이들이 좋은 사람 만나서 가정을 이루면, 새 식구가 늘어나서 웃는 얼굴로 찾아오면 고향 잃은 마음이 치유될까?

그날이 오면,

함께 둘러앉아 아버지께 예배하며 고향의 노래를 부르리라.

가을은 1*

예수마을이
가을로
가득합니다
가을은
가을하니
가을하느라
마을이
분주합니다

---

* 열일곱 번째 절기인 한로(寒露)는 이슬이 찬 공기를 만나 서리가 되기 전이다.
  이때는 더 추워지기 전에 추수를 끝내야 하므로 농촌이 한창 바쁠 때다.

가을은 2

갈갈한
가을가을
갈색
가득한
가을가을
바람이 좋고
볕이 좋고
마음이
따뜻합니다

기다림은

님이여!
가시며, 그때
그 모습으로 오신다더니
하루 같은 천년
천년 같은 하루가
수없이 흘러가고 스쳐 가고
기다림은
날아가는 새의 그림자
천지에 흔적도 없나이다

님이여!
낙엽이 지는 때에 오시렵니까?
함박눈 내리는 날 오시옵소서
벗은 발로 달려가 맞으오리니
님은
고달픈 날 오시옵소서
그리운 날 오시옵소서

기다림은
그때 그 자리, 나무같이
산처럼
바위처럼 있사옵니다

당신은 당신을

예 그렇습니다
당신은 알파와 오메가

수많은 시간을 돌고 돌아
구멍 뚫린 당신 가슴
얼굴을 묻습니다

그토록 향기로운 청춘
세상의 분칠에 분탕질하고

이슬 같은 열정은
어리석음과 욕망에 젖어
누더기 되었습니다

스스로 보기에도 부끄러워
고개조차 들 수 없을 때

도무지 소망 없던 나에게
당신은 오셨습니다
기꺼이 당신을 주셨습니다

당신의 뜻이

오늘도
전장에 나가는 군인처럼
두 주먹 불끈 쥐고
문을 나섭니다

사람이 살아간다는 건
백지장을 맞드는 일 같다가도
바둑돌을 놓는 일 같아서

내 생각과 자존심
태생이 움켜잡는 것이라
놓을 줄을 모릅니다

나는 왜 지려는 싸움에서
번번이 이겨서
지고 마는 것입니까?

찬바람이 불고 비난이 쏟아지는
언덕에서
담배 연기 뿜어내듯
긴 한숨을 토해 냅니다

부디
당신의 뜻이 하늘에서처럼
나의 삶에도 이루어지기를

마음 지킴

착하게 아름답게
거룩하게 숭고하게
마음먹기 나름이라는데
그 마음 맛이 없다

마음이 구 할이라
독하게 마음 먹음
쓰고 비려
토해 내기 일쑤다

게으르고 태만하고
어리석고 미련하고
우물쭈물 어영부영
휘지비지(諱之祕之) 흐지부지

에라이 육시랄 것
일 할도 감당 못해
구 할이면 무엇하노

어제는
오늘과 한결같고
내일은 어쩌면

바울을 죽이기 전에는*

종교인 법조인
의사와 다주택 보유자들
그들을 건드려
도대체 무엇을 어쩌자는 것인지

기대만큼 실망이 크다
등을 돌린 사람들
잘나가던 지지율도 곤두박질
추락하는 것에는 날개가 없다

그럼에도 불구하고
반드시 해야 하는 일
반드시 하고 싶은 일이 있다면
그리하라

———

* 날이 새매 유대인들이 당을 지어 맹세하되 바울을 죽이기 전에는 먹지도 아니
하고 마시지도 아니하겠다 하고 이같이 동맹한 자가 사십여 명이더라(사도행
전 23장 12~13절)

너를 죽이기 전에는
먹지도 마시지도 아니하리라
하여도
그리하라

그것이 천명이다
그것이 소명이다

부자의 하루

조금만 더
조금만 더
오늘도 뿜어내는 점잖은 숨소리

한 움큼 거머쥐고
다오다오
아웅다웅

반듯하고 예의 바른
뒷모습은
비대하고 투미한 인두겁

부자들은
좋은 사람 되기가 쉽다는데
나는

만수*로 들어내도

줄어들지 않는 욕심

바늘귀는 통과할 수 있을까

고민고민

머뭇머뭇

기어이 제자리를 떠나다

---

* '굉장히'의 경상도 방언인 '억수로'와 동일한 의미로, 서부 경남 지역에서는
'손에 가득 쥐다'라는 뜻의 '만수(滿手)로'라고 표현하기도 한다.

시월이다

부지런한 농부의 밭에도
게으른 농부의 밭에도
햇살이 비친다
시월이다

착한 농부의 밭에도
성마른 농부의 밭에도
바람이 분다
시월이다

허리 한 번 펴지 못한
어설픈 농부의 이마에
이슬이 맺히고
등줄기 강물이 흐른다

그
바람에 곡식은 자라고
열매는 살이 찐다

시월의 햇볕
시월의 바람
시월의 이슬

시월은 충분히
자비로운 계절이다

우리 친구 나사로

오신다는 말씀을 듣고
곧 나가 맞이하되
당신이 여기 계셨더라면
하였습니다

부르신다는 말씀을 듣고
급히 일어나 뵈옵고
그 발 앞에 엎드려
당신이 여기 계셨더라면
하였습니다

마음 가득
돌덩이 하나 지고 가는 썩은 육신
당신께 드릴 것은
어찌하여
어찌하여 여기 계시지 아니하였나이까?
것뿐입니까

슬픔을 옮겨 놓으라!
무덤에서 나오너라!
풀어 놓아 자유케 하라!
그 말씀 앞에 엎드려
오늘도
주룩주룩 눈물만 흐립니다

주와 및 은혜의 말씀께

가만히 눈을 뜨는 건
믿을 수 없을 만치의 축복
언제나
주님은 나와 함께 계십니다

이 하루도 주와 및 은혜의 말씀께*
부탁합니다
일거수일투족
말 한마디
바람결에 실려 오는
생각 한 자락까지

가만히 눈을 감는 건
믿을 수 없을 만치의 축복

---

* 지금 내가 여러분을 주와 및 그 은혜의 말씀께 부탁하노니 그 말씀이 여러분
을 능히 든든히 세우사 거룩하게 하심을 입은 모든 자 가운데 기업이 있게 하
시리라(사도행전 20장 32절)

나의 사랑과 다시 만날 시간이
한 날 더 가깝습니다

그렇게 주와 및 은혜의 말씀께 부탁한
하루를 살고
하루를 죽고
하루를 살고
하루를 죽고
영원히 살게 되는 것이

참으로 놀라운 사실입니다
참으로 경이로운 은총입니다

시월애(十月愛)

긴 장마에
눈물처럼 감이 떨어져도

납닥산 등줄기를 타고
시월은 오도다

가을 입은 마을이
춤을 추도다

강물처럼 남실넘실
춤을 추도다

샬롬

지난여름 폭우
감나무밭
세 번이나 물에 잠기다

때아닌 조홍감
눈물처럼 떨어지고
간밤도 비가 내리다

이른 아침
투덜거리는 마음
하늘만 노려보다

문득
하박국의 찬송이 생각나
낙엽 떨구다

샬롬

물러남

한 생을 살다

열심히

부끄럽지 않아

그만이다

사람? 사랑 삶

사람이면
사람이지
사람이어야
사람인가?

자기의 형상대로
품위 있게 살라고
자기의 모양대로
사랑하며 살라고
흙을 빚어 만드실 때
겸손하게 살라고

그래야
사람이지
그래서
사람이지

시령(時令), 시편 19편

하늘은
하나님의 영광을 선포하고
궁창은
그분의 솜씨를 자랑합니다
낮은 낮에게
그분의 말씀을 전하고
밤은 밤에게
그분의 일을 속삭입니다

그 이야기
말소리 들리지 않아도
그 음성
구석구석 울려 퍼지고
온 세상 가득히
땅끝까지 번져 갑니다

해를 위하여
하늘에 장막을 펼치시니

태양은
신방에서 나오는 신랑과 같이
신나게 치달리는 용사와 같이
하늘 이 끝에 서
저 끝으로 달려가고
그 뜨거움
벗어날 자 없사옵니다

나의 입술의 모든 말과
나의 마음의 묵상이
주께 열납(悅納)되기를

청춘에게

삼포 오포 칠포 구포?*
시퍼런 파도가 밀려오는
남쪽 나라 포구들

젊음은 왜 청춘인가?

밀려오는 청널**을
온몸으로 부딪혀
시퍼렇게 꿈을 꾼다고

시퍼런 냉기를 베어 내고
온 들녘을 신록으로
생명으로 물들인다고

---

* 삼포세대(三抛世代)는 연애와 결혼, 아이 갖기를 포기한 세대를 일컫는 신조
  어다. 오포세대(五抛世代)는 집과 경력을 포함해 5가지를 포기한 것. 칠포세
  대(七抛世代)는 여기에 희망/취미와 인간관계까지 포기한 것. 구포세대(九抛
  世代)는 신체적 건강과 외모를 포함해 9가지를 포기한 세대를 일컫는다.
** '푸른 물결' '시퍼런 너울' '거친 파도'의 뜻.

청춘이여!
돌도 씹어 먹을 젊음이여!

저기 저 거친 파도를 넘어
살아서 펄떡이는
시퍼런 시간을 살아내자

푸른 비명으로
절망의 포구들을 알로보며
시퍼렇게 살아가자

한여름 밤의 꿈

달 밝은 여름밤
아이들의 손을 잡고
참나무 우거진
납닥산을 올랐다

사슴벌레
장수풍뎅이 등에 업혀
하늘을 날았다

옥수수밭 사이를 지나
고구마밭을 내달리는
멧돼지 떼

탐스럽게 익어가는
사과와 배
땅속의 콩들도 주렁주렁

오인숲* 고목들이
양팔을 흔들며 인사를 하고
사천강 물이 불어
은어 떼가 몰려온다

달빛 갈앉은 은빛 물결
눈부신 아침이다

---

* 　정동면 예수마을에 있는 오인숲은 아담한 규모이지만, 아름드리 큰 나무들—팽
　나무, 느티나무, 말채나무 등—이 어우러진 유서 깊은(400년 된) 공간이다.

들판1*

햇살이 비춰고 움이 돋는다
바람이 불고 꽃이 핀다
비가 오고 풀이 자란다

들판에서 벌어지는
파란만장한 일들이
장관이다

어느 날
중천에 큰 달이 뜨고 달무리지면
꽃잎은 비를 머금고 씨앗을 토해 낸다
이윽고 하늘이 파래지면
감나무 이파리는 떨리고 서리가 내린다
풀은 시든다

———

* 서리가 내린다는 열여덟 번째 절기 상강(霜降)에는 날씨는 쾌청하지만, 밤 기
온이 낮아지면서 서리가 내리게 된다.

들판에서 벌어지는
파란만장한 일들이
경이롭다

겨울로 가는 들판에
풀이 누웠다 잎이 덮인다
감사다

제 4 부

단풍 벗은 나목에게

빈들의 감사

주님
가을빛이 갈앉은 들판이
갈무리로 휑해졌어요
그렇게 따갑도록 쏘아대던 햇살도
이제는 미안한지
납닥산을 기대고 느릿느릿 날아가며
수줍은 듯 나를 보네요

주님
들판에 밀려온 풍성한 열매와
넘실대던 황금 물결
썰물처럼 빠지고 말면
마을 어르신들 마음과 마음마다
쓸쓸함이 밀려와
눈물지을 줄 알았어요

주님
그런데 보시옵소서
사람이든 들판이든
빈자리에
여백에
웃음이 쏟아지고
감사가 쌓이네요

다시 시월

밤나무 숲 사이
빠져나온 바람과 함께
예배당도 다시 시월

돋친 가시
스스로를 지키기 위해
감싸고 또 감쌌던 시간

툭툭
이제는 알알이 맺힌
가을로 토해 낸다

보다 겸손하게
보다 정직하게
가을에는

기도하게 하소서

부고

예수마을 복음의 첫 열매
박귀악(朴貴岳) 성도님
오늘 93세의 일기로
소천(召天)하시다
하나님의 부르심을 받으시다

보라
여호와를 성실하게 따르던 자
성도의 죽음은
주님께 귀중하다

길 위의 교회

세상의 빛과 소금
칭찬받이 돼랐더니
욕받이가 되었다

누는 말하길
정치인의 숙명이 욕받이
너는 정치인인가
아니다

누는 말하길
욕을 해서 기분이 풀리면
그도 좋은 일
너는 나랏님인가
에라이

나로 인하여 욕을 먹으면
영광인 것을

우리가 알고 보니 우세스럽고
남이 알고 보니 남세스럽다

짓밟힌 길 위의 교회
남우세스러워
길을 헤매다

나목

겨울로 가는 길목에 선
나무는 아름답다

앙상한 가지 메마른 몸뚱이
숨김없이 드러낸다

겨울로 가는 길목에 선
나무는 위대하다

지난여름 큰바람에 부러진
가지를 보며 사람들이 혀를 찬다

겨울로 가는 길목에 선
나무는 숭고하다

아직도 줄 것이 많다는 듯
열매며 이파리며 아래로만 떨궈낸다

두 팔 벌려 겨울에 선
나목은 언제나 웅장하다

십자가 사랑

봄이면
동산에 흐드러지게 피어나는
애기똥풀
꽃잎이 십자가
한여름
밤하늘을 말없이 흘러가는
은하수
초롱별이 십자가
가을
햇살에 곱게곱게 물들어가는
주홍감
꼭지도 십자가
한겨울
납닥산을 알몸으로 버티고 선
나목도 십자가다

봄과 여름 가을과 겨울

젖은

눈에 보이는 건 모두가

십자가다

초동 풍경*

일찍 해가 지는 작은 마을
밤나무 우거진
납닥산 아래 작은 예배당은
쫓기듯이
북쪽을 바라보며 웅크리고 앉았다

입동이 오기도 전
수련을 받쳐든 웅덩이에
살얼음이 얼면
지난여름 대숲에서 부는 바람에
꾸벅꾸벅 졸아대던
검둥이 누렁이도
바들바들 떨면서 웅크리고 앉는다

———

* 열아홉 번째 절기인 입동(立冬)에는 나뭇잎이 떨어지고 풀이 말라간다. 이 즈
  음에 무와 배추를 뽑아 김장을 하면 맛이 좋다고 하지만, 온난화로 인해 김장
  철이 늦어지고 있다.

들판에 주저앉은 감나무는
이미
주홍빛 눈물을 방울방울 쏟아내고
지금은 드문드문
잿빛 잎사귀만 달고 있다

장하다

들판 2

햇살이 비춰고
움이 돋는다
바람이 불고
꽃이 핀다
비가 오고
풀이 자란다

들판에서
벌어지는 파란만장한 일들이
장관이다

어느 날
중천에 큰 달이 뜨고
달무리지면
꽃잎은 비를 머금고
씨앗을 토해 낸다

감나무 이파리에
이슬이 맺히고
풀이 시든다

겨울로 가는 들판에서
꽃은 시든다
풀이 눕는다

꽃무덤

봄여름가을겨울 예배당 뜨락에 피었다 지는
꽃들을 보라

눈밭에 핀 복수초는 분명 봄의 전령이다
노루귀 바람꽃 현호색 크로커스 제비꽃 봄맞이꽃
얼마나 반갑고 앙증맞은가

날이 포근해지면 고개를 치켜드는
할미꽃 수선화 목련과 벚꽃
튤립 달맞이 양귀비 매발톱 나리 은방울
수국과 백합 모란과 함박
그렇게 봄날은 간다

지칭개 해당화 루드베키아 금계국
은초롱 봉선화 접시꽃 부용
무궁화 꽃이 피었다 지면 코스모스는
여름의 끝을 알린다

드문드문 이름 모를 꽃들, 철없는 꽃들이 피었다 진다
꽃무릇 상사화 키 작은 백일홍 만수국이
마지막 향기를 토하고
국화가 멍우리를 터뜨리면 가을은 깊어진다

알알이 씨앗을 머금은 꽃대들,
그것을 잘라 만든 무덤은 영정 같다
참으로 애썼다 고맙다 행복했다
사진을 찍는다

납닥산 그늘 아래 겨울 지나 봄이 오면
다시 보자

반가운 얼굴들

감사절을 앞두고*

흙에서 나서
흙에서 난 것을 먹고 사는
아담

오이며 고추며 가지
마늘과 양파와 부추
밀과 보리와 수수
강냉이 고구마 감자
참외와 포도와 수박
감과 복숭과 자두
팥과 녹두 검정콩 누런콩
배추와 무와 호박을
앉혀 놓고
한참을 멍하니 섰다

---

* 추수감사절(秋收感謝節)은 한 해의 수확을 끝내고 베풀어 주신 하나님의 은
  혜에 감사하는 절기다.

하늘에서 주신 바 아니면
사람은
아무것도 받을 수 없나니

흙을 만지며 흙을 딛고 사는
아담
고개를 들어 하늘을 바라본다

한참 동안

나무는

고개 너머 고개
가도 가도 끝이 없다
첩첩이 쌓인 고통
그는
언제나 혼자였다

신뢰하던 동무
함께 소리 내어 웃으며
음식을 나눠 먹던 친구 그도
끝내
발꿈치를 들었다

놓아 버리고 싶다
그리하여 마침내
비탈에 서
벌거벗은 몸으로
울부짖는다

엘리

엘리

라마

사박다니

산 위에 있는 마을

나는 들었네
사라(Sarah, שרה)*의 무릎을 베고
산 위에 있는 신비로운 마을
동화 같은 이야기

할아버지의 할아버지
노아 할아버지
사람들이 흘겨보며 입을 삐죽거려도
산 위에 배를 만들고
열국의 아비는
밤을 새워 울었는지 퉁퉁 부은 눈으로
단을 쌓아 웃음(יצחק)을 제물로 드렸다던
산 위의 마을 풍경

---

* 'שרה [사라]'는 '열국의 어머니'라는 뜻이다. 칼뱅은 교회를 '경건한 성도의 어
  머니'라고 했다. 어머니의 무릎을 베고 듣는 꿈속 같은 이야기, 교회에서 배웠
  던 신비로운 이야기를 풀어 본다.

나는 보았네

사라(שרה)의 손을 잡고 건넜던 바다

맹렬한 불꽃

붉게 물든 산 위에 있는 마을

우레와 번개 나팔소리 산의 연기

짙은 구름 불타는 산꼭대기

큰 손이 나타나 친히 새겨 주신 글자

אהב

사랑하며 살자고

사랑하며 살라고

두 개의 돌판에 정성껏 새겨 주신

אהב*

---

* 'אהב[아헤브]'는 '사랑'이라는 뜻이다. 하나님을 사랑하는 것과 이웃을 사랑
하는 것이 성경의 전체 가르침이다(마 20:40).

이제는 걸어가네
글자이신 그분과 이야기 속 그 마을
풍랑 이는 바다와 골고다 언덕길
산 위에 있는 마을 골목길 구석구석

우리 집 강아지 삐삐

그해 여름
여수 바닷가 버려졌던
검은 아이
늦둥이들이 데려와 식구가 되었다

씻기고 닦았다
먹이고 치웠다
보듬어 키웠다

그해 겨울
세상 가운데 버려졌던
검은 아이
예수님께서 구원해 가족이 되었다*

---

* 그가 절하여 이르되 이 종이 무엇이기에 왕께서 죽은 개 같은 나를 돌아보시
나이까 하니라(사무엘하 9장 8절) 주여! 옳소이다마는 개들도 제 주인의 상에
서 떨어지는 부스러기를 먹나이다(마태복음 15장 27절)

겨울은 2*

꽃은 시들고
풀이 말랐다
천지에 봄의 생기가
사라진 시간
여기저기
터져 나온 시름
들판이 질펀하다

흐느껴 울었다
언 볼을 타고
내리는 눈이
눈물이 짜다
터진 손등으로
훔쳐내는
눈물이 쓰라린다

---

* 스무 번째 절기인 소설(小雪)을 전후로 월동 준비를 하게 된다.

월동 준비

살풋 지려 밟아
찌르르르
금이 가는 초동이라

양말이라
내의라
두터운 외투라

용서의 현주소

어떻게 그 사람을
용서할 수 있습니까
그는 목사도 아닙니다

그의 교만
그의 무례
그의 위선

생각하면 생각할수록
용서하고 싶은 마음
하나도 없습니다

그럼에도 간절히
용서받고 싶은 마음
나는 인간이 아닙니다

나의 옹졸

나의 인색

나의 뻔뻔함

생각하면 생각할수록

나는 나를 정말로

용서할 수 없습니다

주여, 자비를 베푸소서

팬데믹*

전염병 같은 사람
천하를 소요케 하는 사람
나사렛 이단의 우두머리

얼마나 달콤한
듣기 좋은 욕지거린가

오염된 종교와 부패한 정치
만족할 줄 모르는 배와
겉과 속이 다른 입술
터질 것 같이 부푼 가슴과 슴가
이미 그들의 바이러스로 창궐한 세상은
알고 있는 것이다

---

* 우리가 보니 이 사람은 전염병 같은 자라 천하에 흩어진 유대인을 다 소요하
  게 하는 자요 나사렛 이단의 우두머리라(사도행전 24장 5절)

우리가
얼마나 무서운 변종인지
별종인지

우리는 다만 우리의 것으로
창궐하자
나사렛 예수 그리스도의 이름으로
땅끝까지*

---

* 우리는 구원 받는 자들에게나 망하는 자들에게나 하나님 앞에서 그리스도의
향기니 이 사람에게는 사망으로부터 사망에 이르는 냄새요 저 사람에게는 생
명으로부터 생명에 이르는 냄새라 누가 이 일을 감당하리요(고린도후서 2장
15~16절)

기다림초*

하루 이틀 사흘 나흘
오늘도 바람이 불고 낙엽이 지는
납닥산 그늘 아래

조그만 예배당에 서 불을 댕깁니다

기다림이 하도 길어 오늘은 감히
농을 쏟아 놓습니다
오실 그 이가 당신입니까
아니면 다른 이를 기다리오리까

천년이 하루 같은 것은 당신의 일이오나
하루가 천년 같은 것은 저의 일이옵니다

이 한 몸 밀처럼 녹아 사그라지면 그뿐

———

* 대림절(降臨節)은 성탄절 이전 예수 그리스도의 오심을 기다리는 4주간의 절
기다. 강단에서는 매 주일 촛불을 한 개씩 더하여 밝히는데, 첫째 주일부터 희
망, 평화, 기쁨, 사랑과 은총을 상징하는 각기 다른 색의 촛불을 켜게 된다.

저기 저 오인숲 고목처럼
납닥산 괴고 누운 바위처럼
견고하지 못한 저를
가엾이 여기소서

다시 대림절

봄과 여름 가을과 겨울
어느 때입니까?

봄의 언덕을 넘어오시렵니까?
아니면 여름의 파도를 타고 오시렵니까?
이미 은행잎 단풍잎은 갈바람에 물이 들었나이다

하루 이틀 사흘 나흘
바다가 내려다뵈는 겨울에 서
손꼽아 기다리며 잿빛 하늘 쳐다봅니다

어찌하여 서서 하늘을 쳐다보느냐?
갈릴리 사람들에게 말씀하시던
그때와 여전히 일반입니까?

님이여!
작은 촛불 밝혀 들고
기다리는 마음
기억하소서

대림절을 맞이하며

감사절이 지나면 대림절
거짓말처럼
우리의 마음에 첫눈이 내립니다
우리의 지독한 병증은
기다림
한 움큼의 약을 털어 넣고야
조심조심 길을 나섭니다

당신에게 가는 길은
언제나
그리움이 가득합니다

12월은*

마지막
잎새처럼
떨고 섰다

끝이다
아니다
소망이다

산처럼
나무처럼
바위처럼

12월은
언제나
12월이다

---

* 스물한 번째 절기 대설(大雪)에 큰 눈이 내려 보리에게 이불이 되어주면 좋으
련만, 예수마을에서는 상상조차 못할 장면이다.

구제 기도 금식

타락한 본성을 거슬러
움켜쥐려는 마음을 내려놓고
이웃의 눈을 본다

그들의 골수에 사무친 가난
함께 나눠 질 수 있다면

타락한 본성을 거슬러
내 힘으로 살려는 마음을 내려놓고
하나님께 눈을 든다

나의 골수에 사무친 욕망
은혜로만 살아갈 수 있다면

타락한 본성을 거슬러
원초적인 욕구를 내려놓고
나 자신에게 눈을 뜬다

내면을 살피는 경건한 허기짐
속사람이 강건할 수 있다면

은밀한 중에 계시는
은밀한 중에 보시는
은밀한 중에 갚으시는

아버지께

좁은 길

인생이란
주의하지 않아도
쉽게 접어드는 큰길
좁은 길은
내비게이션을 켜 두고
주의하여 보면서도
놓치기가 일쑵니다

그리하여

바람이 분다고
바람이 부는 대로
물살이 흐른다고
흘러가는 대로
떠밀려 갈 수는 없습니다
때로는 그 길에
홀로 선 듯 고독해도

동행 중에 계시니

언제나

우리는 혼자가 아닙니다

거짓 선지자의 시대에

가만히 들어와서 똬리를 튼
관습과 관례
확신에 찬 목소리로
성스러운 말들을 쏟아놓는다

모두가 행복한 길
모두가 편안한 길
이것이 대세라고
이것이 흐름이라고

부드러운 얼굴로 미소지으며
손짓하면
몰상식은 판을 치고
파렴치는 춤을 춘다

아서라
이들의 놀이는 말세에 흔하고 또
흔한 일들
늑대가 나타났다

삼가라 조심하라

인생(人生)

세월을 타고 흘러가다 보니
어느덧
쉽게 뛰어넘을 것 같던 강폭이
까마득하다

그땐
혈기도 왕성하고 용기도 탱천했지
첨벙첨벙
강물에 뛰어들기 일쑤였고
내 생각을 고집하며 핏대도 세웠었지

그런데 보시라

귀밑머리 물들어 가니
목소리는 잦아들고
흘러가는 물살에 몸을 맡기는 것
노랗게 빨갛게
물들어 가는 세상을 즐기는 것

그 또한 익숙하다
허허 글쎄
좋은 건지 슬픈 건지
이것을 뭐라 할까

쩝

하늘나무

차가운 바람이 가슴을 파고드는 계절이면 기억합니다
영혼의 겨울, 내 삶을 할퀴고 간 극한 추위
그때 나무는 큰 위로를 주었습니다

한여름, 뙤약볕이 무섭게 내리쬐는 계절
나무는 자기를 찾아오는 피곤한 영혼들을 위해
넉넉한 그늘과 녹음을 준비합니다
상한 심령을 위로하고 안식을 제공하는
완벽한 모습입니다

그러나 나무에게도 겨울은 있습니다
그때는 울창한 녹음조차 가만히 떨어내야 합니다
갈색 슬픔과 깊이 감추어 두었던 앙상한 가지까지
거짓 없이 드러내야 합니다

거친 겨울은
그렇게 나무의 진면목을 남김없이 보여줍니다
수많은 실패와 아픔의 생채기까지

겨울은 나무를 더욱 강화하고 보존합니다
거의 모든 수액과 힘을
바깥 것을 치장하느라 소모하기보다는
안쪽 깊은 곳까지, 점점 더 깊이깊이 빨아들이는데
혼신을 다하기 때문입니다

그렇게 나무는
겨울에 더욱 강하고 탄력 있게 자라갑니다
부디 우리 모두 겨울을 겁내지 맙시다

아쉬움

저기 저 산
납닥산 위에 누우신 어머니
네 어머니
내 어머니

아직은
실감이 나지 않아
어제처럼 오늘을
오늘처럼 내일을 산다

그러다 해 질 녘

생전에
걸으신 길 걸어갈 때
납닥산 걸터앉은

밤나무
가지를 빠져나온 햇살처럼
산 그림자처럼

나를 덮친다

평안

웃담 사시는 지상 아지매는
영감님이 지병으로
오랫동안 병원을 다녀왔습니다

부산댁 아지매는
집 뒤로 나가는 계단에서 발등이 깨져
지금도 절룩이며 지냅니다

예배당 앞 인국 선생님
한 세기가량 모시던 어머니 장례 이후
웃음기가 쏙 빠진 얼굴입니다

중담 사시는 임석 어르신은
혼자 계시며
끼니는 제때 끓여 드시는지?

신고(辛苦)한 세월을 사노라니
때로는
안녕하셨냐 여쭙기도 민망합니다

다만 한 가지
너희에게 평안이 있을지어다
되뇌어 봅니다

표지(標識)

주께서

영접하는 자
곧 그 이름을 믿는 자들에게
권위를

뱀과 전갈을 밟으며
원수의 모든 능력을 제어할
권세를

더러운 귀신을 쫓아 내며
모든 병과 허약함을 치료하는
권능을

주시다

마음이 상한 자 병든 자
삶의 무게에 짓눌리고 얽매인
나 너 우리 자유케

사도에게
제자에게
교회에게

주시다

내가
사람의 방언
천사의 말을 할지라도

사랑이 없으면
소리 나는 구리
울리는 꽹과리가 되고

내가
예언하는 능력 있어
모든 비밀 모든 지식을 알고

산을 옮길 만한
모든 믿음
또한 있을지라도

사랑이 없으면
내가
아무것도 아니요

내게 있는
모든 것으로
구제하고

내 몸을
불사르게
내어 줄지라도

사랑이 없으면
내게
아무 유익 없느니라

난 곳 방언
사랑이 능력이라
사랑이 표지라

잠 못 이루는 밤

평화의 주님
사랑하는 자에게
잠을 주소서

어찌된 일인지
생각이 많아지는
밤입니다
이럴 땐 무엇을 해야 하나
한참을 뒤척이다
길을 나섭니다
희미한 불빛 하나 밝혀 두고
기도를 올립니다

멀리 이국땅에서
복음을 전하는
선교사들의 이름을
불러봅니다
얼마 전

우리 마을 의료봉사를 다녀간
아름다운 얼굴들을
떠올려 봅니다

근래에
기력이 없어 두문불출하시는
귀악 어머니
예배당 곁에서 십자가를 바라보며
주일을 기다리는
윤순 어머니
교회에 오니
웃을 일이 생긴다는
명순 어머니

길 가던
부녀회원들을 붙들고
예배당 가는 날을 기다린다
예배당만 다녀오면

기력이 생긴다 하시는
어머니의
해맑은 표정을
그려 봅니다

오 주님
저 멀리 아프리카에서
낯선 이를 가족으로 여기며
살아가는 친구들
여기 납닥산 그늘 아래
갈라진 마음을 부여잡고
새벽을 기다리는 사람들
모두를 편안케 하옵소서

잠을 주소서
그들 중 한 사람인
제게도 주소서

제 5 부

———

또다시 봄을 봄

추억의 성탄절

크리스마스가 다가오면
너도나도 설레었던 유년 시절

예수님을 믿지 않는
아버지의 눈을 피해
살금살금 집을 빠져나간
형 누나는
친구들과 모여서
밤늦도록
깔깔깔깔 선물 교환을 했다

동지를 지난 어둠이*
12월 25일
딱 그만큼만 깊어지면

---

* 스물두 번째 절기인 동지(冬至)는 밤의 길이가 가장 긴 날로, 예전에 작은 설
  날로 여겨지기도 했다. 성탄절은 동지 지나 3일째 되는 날로, 빛이신 주님의
  오심과 부활을 상징적으로 보여준다.

하나둘
예배당에 모여든 사람들
반가운 얼굴로
어머니 젖보다 더 따스한
떡국을 먹고
새벽송을 나간다

좁고 긴 골목을 걷고 걸어
옹기종기 살아가는
착한 사람들
집 앞에서 그 어느 때보다
경건한 목소리로
마음을 가다듬어
노래를 부른다

고요한 밤 거룩한 밤
점점 커지는 찬양 소리

밤새워 천사를 기다리다
깜빡 잠이 든 사람들이
놀란 얼굴로
준비한 선물을 들고
대문 앞에 나오면

지극히 높은 곳에서는
하나님께 영광
땅에서는 기뻐하심을 입은
사람들 중에 평화로다
오늘 다윗의 동네에
너희를 위하여
구주가 나셨으니
곧 그리스도 주시니라

메리 크리스마스
새해 복 많이 받으세요

성탄절 아침

예수님도 잘 몰랐던 우리는

신작로를 따라 한참을

얼굴도 기억나지 않는 목사님이 계신

개척 교회

그 조그만 예배당을 향해

신나게 걸어갔다

크리스마스* 단상

오늘은…

성탄절 추억을
더듬으며
감사예배 드렸습니다

예배를 마치고
추억을 더듬으며
마을 길 구석구석 돌았습니다

따듯한 솜이불 나눠 주며
메리 크리스마스
예수님 사랑 전했습니다

---

* 예수 그리스도의 탄생과 성육신을 기념하는 성탄절은 성도들만의 축제일이
  아니라 그리스도께서 모든 인류를 위해 오신 것처럼 이웃과 함께 사랑을 나누
  는 축제일이기도 하다.

돌아오는 길, 키우던 강아지
바우가 죽었다고 어찌할 줄 모르는 윤순 어머니
시름도 나누어 드렸습니다

감나무밭 양지바른 곳, 감사하게
얼지 않은 땅 깊이 파고 뜬눈으로 숨을 거둔
바우를 정성껏 묻었습니다

예수님, 바우보다 못한 이놈
함께 묻고 싶습니다
키리에 엘레이손(Kýrie eléison)

메리 크리스마스입니다

기도

님이여
당신의 이름을 부르면
당신의 얼굴
당신의 향기가
먼저 달려옵니다

당신을 만나서
행복했던 순간들
아름다운 시간들

이름만 불러도
가슴이
이토록 뭉클한데
눈시울
이토록 뜨거운데

당신은

어떻게 참으시나요

시리도록

보고 싶은 마음을

나의 목자

나는
어리석은 짐승과 같이
마음대로 놀아나며
제 길로만 다녔습니다

의지할 곳 없는 마음
좀먹어 깨진 육신
죽음의 골짜기를
헤맸습니다

목이 쉬도록 울어대도
누구 하나
거들떠보지 않는
인생

자기를 내려놓고
그분의 멍에를 멜 때
비로소 자유를
얻었습니다

신나게 그와 함께
용기를 품고 그와 함께
재 너머 가시밭길 웃으며
걸어갑니다

예수님은 나의 목자
아쉬울 것 하나도
없습니다

교회에게

하늘에 계신 우리 아버지

아버지
하나님의 이름이
크고 높아지고 거룩하게 되기를
교회에서

아버지
하나님의 나라가
분명하고 충만하게 임하시기를
교회에서

아버지
하나님의 주권이
강력하게 드러나고 성취되기를
교회에서

아버지의 거룩하신

이름과 나라와 주권이

높아지고 임하시고 이뤄지기를

교회를 통해

우리를 통해

그 섬은 멜리데라!

한 치 앞도 예측할 수 없는 사람살이
사람이 살아가는 일이란
참으로 재미있소

원하는 일만 하며 살 수는 없지만
그렇다고 의미가 없는 일은
게 아무것도 없소이다

미항을 떠나올 때 남풍이 순하게 불어
그 바람에 돛을 달고 잠시 잠깐
의기양양했소이다

광풍에 밀려 끌려간 길
해도 별도 뵈지 않는 이천 리길
구원의 여망마저 손 놓아 기다렸소

그런데 이보시오
열 나흘째 되던 밤에
한 사내가 우뚝 서서

떡을 가져 축사하고
떼어 주며 권하기에 안심하고 받아먹으니
새날이 밝더이다

어떤 이는 헤엄쳐서 어떤 이는 널조각을
의지하여 마침내 땅을 밟으니
그 섬은 멜리데라

오, 나의 피난처!*

---

* 그리스어 케팔로니아(Κεφαλονιά)로 불리는 지중해의 섬 몰타(Malta)는 사
도행전 28장 1절에 멜리데로 표기되는데, 그 뜻이 '피난처'다.

새해에는 잘

세모에 서니 지나간 한 해가 주마등 같습니다
매사에 잘 살았나 잘했나 되새기게 됩니다

새해는 정말로 잘 뭐든지 잘해 보고 싶습니다

무엇보다
아버지의 뜻을 잘 헤아리고 순종하며 살겠습니다
성경도 잘 읽고 찬양도 잘하고 기도도 잘하고
예배도 잘 드리는 효자가 되겠습니다
이웃을 사랑하고 잘 섬기며
잘 참고 잘 배우고 잘 가르치는 친구가 되겠습니다
조그만 일에도 잘 생각하고 잘 말하고
잘 행동하는 의젓한 사람이 되겠습니다
그렇습니다 한 사람의 목사이기 전에
예수님을 참으로 잘 믿는 성도가 되겠습니다

돌이켜 보면 잘하고 싶은 마음만 가득
무엇 하나 잘하는 것도 잘난 것도 없어서
새해에는 이 모든 것 잘할까 잘 될까 염려가 됩니다
하지만 더 이상 머뭇거릴 시간도
물러설 자리도 없으니 용기백배 내어 봅니다

덕분에 한 해도 잘 먹고 잘 자고 참 잘 살았습니다

그래서 새해에는 쓰담쓰담
잘했다 착하다 칭찬 듣는 아들이고 싶습니다

1월에*

출발선에 섰다

야곱의 사닥다리
첫 단을 밟는 마음으로

손을 씻고
이를 닦고
머리를 감는다

---

* 스물세 번째 절기 소한(小寒)은 1월 초로 우리나라에서는 대한인 1월 말보다
소한이 더 춥다. 그래서 "대한이 소한의 집에 가서 얼어 죽었다"라는 속담이
있는가 보다.

새해 아침

사람들은 꿈을 꾸고
아이들은 눈 덮인 산을
오른다

살면서 만나는
크고 작은 산들
바람이 속삭인다

나를 딛고
나를 타고
더 높이 올라가라
더 큰 꿈을 펼쳐가라

새
해
는

세례1

다오다오
족한 줄도 모르고 살아가던
거머리 같은 인생
미끄덩거리는
벌거벗은 모습으로
당신 앞에 나옵니다
아버지와
아들과
성령의 이름으로
물에 잠길 때
눈에서 비늘은 떨어지고
새 하늘과 새 땅이 열립니다

부디
성부와 성자와 성령의 이름으로
성부와
성자와
성령께서 한 분이시듯

다만
삼위일체 영성으로
살아가게 하옵소서

세례 2*

거기, 놀란 가슴
광야에서 외치는 자의 소리 있어
달려갑니다

단단한 영혼의 소리, 벼락같은 소리에
강둑에 선 아이들은 겁을 먹고
구경꾼은 노려봅니다

그 사이 어디쯤 머뭇거리는
마음, 두근거리는 심장을 부여잡고
강물로 내려갑니다

한 걸음 한 걸음
물가로 가는 걸음
눈물에 젖습니다

---

* 주현절(主顯節)은 예수님이 이 땅에 오셔서 30세에 세례를 받으시고 공생애를 시작하시면서 처음으로 사람들 앞에 모습을 나타내신 때다.

발등이 무릎이 허리가
잠길 때
엎어져 마냥 눈물만 쏟습니다

그때
하늘은 열리고
하나님의 신이 수면 위를 운행하시다

이는
내 사랑하는 아들
내 마음에 기뻐하는 자라

어떤 나라

님이여
당신의 나라는 어떤 나라입니까

그곳에도
힘센 친구가 약한 친구를 괴롭히나요
그곳에도
화마에 삶의 터전이 허물어진 백성들을 외면하고
박수무당이 점지해 준 자리에 똬리를 튼
나가대정(那伽大定)이 있나요
그곳에도
여전히 백성을 선동하는
거짓 선지자 승려 신부 목사가 있나요

슬프도소이다
봄이 오는 들판에
포탄이 떨어지고
파종할 씨앗도 신실한 목사도 없나이다

보시옵소서
당신의 나라에 임하실 때
나를 생각하소서

완전하라

하나님이 아니라 사역이
예수님이 아니라 고난이
언제부터인가 수단이
목적(teleology)이 되었습니다

누구보다 열심히
누구보다 힘들여
그것이 헌신이며
그것이 십자가라 믿었습니다

그러나
나는 너희에게 이르노니
그러므로
하늘에 계신 너희 아버지의
완전(τέλειός)하심과 같이

아버지의 형상과 모양

창조의 목적(teleology)을 이루는 것

그것이

성숙(τέλος)이며 완전(τέλειός)임을

이제야 어렴풋 깨닫습니다

전도(顚倒)*

쏘는 말
찌르는 눈을 피해 여기까지 왔습니다
사람이 그리워
사람을 피해 여기까지 왔습니다

그렇습니다
여기는 풀 한 포기 나무 한 그루도
치열한 땅
스불론과 납달리

우리끼리
주고받는 말과 웃음
이야기 뒤에는
항상 다툼이 묻어납니다

———

* 죄로 인해 타락하여 창조의 목적이 전도(顚倒)되어 오직 "저주와 거짓과 살인
과 도둑질과 간음만 있을 뿐, 폭력으로 피가 피를 부르는"(우리말성경, 호세아
4장 2절) 인생은 예수님의 전도(傳道)를 통해 다시 한 번 전도(顚倒)된다. 성
육신 영성으로 살아간다.

흑암에
웅크린 사람들의 낯빛은
온통 주검
그늘진 삶에도 소망은 있습니까

흑암에 앉은 백성에게 큰 빛이
사망의 땅과 그늘진 삶을 사는 사람들에게
빛이 비치리라

언제나
사람이 문제고
사람이 답입니다

기쁨, Joy in the Lord

천지창조에서
어린양의 혼인 잔치까지
성경은
기쁨으로 가득합니다

하나님의 기쁨은
보시기에 좋았더라
신랑과 신부의 기쁨은
속히 오리라

Joy in the Lord!
항상 기뻐하라
주 안에서 기뻐하라

당신의 인생에

J Jesus Christ is first

예수님을 첫 번째 자리에

O Others are second

이웃을 두 번째 자리에

Y in the third place is You

당신 자신을 세 번째 자리에

이것이 기쁨(JOY) 입니다

당신은 항상 행복할 것입니다

언제나

하나님의 뜻을 이루게 됩니다

눈이 오시는 날

올겨울
최강 한파가 몰아친 날
늦둥이들과 함께 오른
덕유산 향적봉
가지마다 상고대
눈썹과 머릿결에 상고대

장관이다
우스웁다

지구촌 한구석은
겹겹이 눈이 쌓이고
지구촌 한구석엔
봄날 같은 겨울이
아, 비극이다
가슴이 답답하다

인간만 사라진다면
인간만 사라지면

모든
동식물이 행복할 거라
지구는
행복한 행성이 될 것이라
예언하는
최 교수의 눈이 슬프다

봄소식*

소한 지나 대한
절기의 끝에
무심코
길을 나섰다
매실나무
가지 끝에 매달린
봄소식에
깜짝 놀랐다

손만 뻗으면
입춘이다

---

* 스물네 번째 절기인 대한(大寒)은 한 해의 가장 큰 추위이지만, 남부 지방에는
  이른 봄이 찾아오기도 한다.

설날 전야

설날이 다가오면
어머니의 손을 잡고
신작로를 지나
새 시장으로 갔다

한동네 사는
박 씨 아저씨 가게에서
신발을
마산댁 아주머니 가게에서
설빔을 샀다

머리맡에 앉혀 놓고
잠을 자려 애를 써도
사람이 더욱
또렷해지는 밤이다

구제, 은밀하게 위대하게

탐욕과 집착이 생산한 아픔

구원받은 사람이 구원하라
지당한 의무이다

온전하고자 한다면 구제하라
지당한 명령이다

왼손이 모르게 옳은 손이
네 모든 소유를 팔아
가난한 자들에게 나눠 주라
여호와께 꾸어드려라

나팔
지당하니 자랑하지 말아라

칭찬
지당하니 기대하지 말아라

봄을 봄

돌담 집
예수마을 가장 따뜻한 집
그 집엔 볕이 좋다
봄이 항상 먼저 온다

우리 집
간밤에 내린 서리도 아직인데
돌담 집엔
노루귀가 피었다

봄을 듣는다
바쁜 걸음이
봄을 본다

봄을 찾아서

꽁꽁 언 땅을 비집고
봄이 오도다

노루귀 핀 자리
노루귀 올라오고
수선화 핀 자리
수선화 올라오도다

풀꽃은 이렇게
정직하고
시절은 이렇게
어김이 없도다

싱그럽고 어여쁜

너와 나를 비집고
우리네 가슴 가슴
봄을 캐도다

아지랑이같이
이산 저산 넘으며
아지래이같이
이들 저들 헤매며

농부 목사의 시령가
봄이 여름하기를

초판 1쇄 인쇄 2023년 2월 28일
초판 1쇄 발행 2023년 3월 8일

지은이 신용재
펴낸이 조현철
펴낸곳 카리스
출판등록 2010년 10월 29일 제406-2010-000097호
주소 경기도 파주시 청석로 300, 924-401
전화 031-943-9754
팩스 031-945-9754
전자우편 karisbook@naver.com
총판 비전북 (031-907-3927)

값 13,000원

© 신용재, 2023

ISBN 979-11-86694-14-5 03810